U0080906

-命運＊雙子的哀傷-
星神魔女
- Counting on Love 04 -

皇甫蘭
皇甫世家大小姐之一。
個性直爽。最疼愛表妹紫羽。
從小就是大姊頭的性格，喜歡保護弱小、跟強權抗爭。
「星盜就是星盜，既粗魯又不懂得憐香惜玉，
我才不會把紫羽託付給這樣的你！」
靈風・影翼
君兒母親牧非煙刻意為了保護君兒，
而簽下的雙子神騎之一。
雙黑騎士中的弟弟，契約的右片翼。
個性有些慵懶，愛戲弄人。
偽紳士一枚。兼常欺負君兒的好哥哥。
「是否為了保護她，就必須犧牲選擇自己的未來？」

戰龍
稱號：『戰神龍帝』。戰族守護神。
為戰天穹兄長的後代子孫。
因為父親過世而由戰天穹一手帶大，
很崇拜戰天穹。有嚴重的戀父情結。
「擁有魔女的力量究竟有什麼值得父親重視的！
我可不想平白多個乾妹妹！」
靜刃・影翼
君兒母親牧非煙刻意為了保護君兒，
而簽下的雙子神騎之一。
雙黑騎士中的哥哥，契約的左片翼。
個性嚴肅沉穩。為了錯誤的追求而與兄弟刀刃相向。
「哪怕傷害很多人——
我都必須履行我在誕生之時，向靈魂許諾的誓言！」

目錄
INDEX

啟程了，星盜的旅程——
為了成長，
為了找到自己的道路，
少女踏進了血腥殘酷的世界。
握起拳，持起劍，跨步向前！

Chapter 66

笨蛋，請多多指教

在銀河系最外圍的冥王星上，其中一處直徑超過百公里的巨大隕石坑裡頭，斜倚著一座流光閃閃、龐大無比的彩虹巨門。

在舊西元末期，當時的冥王星遭到大型流星雨群衝撞星體表面，前往探勘的人類探險團，竟意外的在其中一座被流星雨衝撞而出的隕石坑中，發現了這個隱藏在冥王星星體內無數歲月的遠古遺跡。

這個消息震驚了全世界。距今五千年前，當時人類的科技發展已經邁入宇宙時代，但那超越當代科技解釋的巨型拱門遺跡還是讓人類驚嘆不已。緊接著，人類大膽的派遣了一支先遣隊，穿越拱門、踏入那未知的世界進行探索。

意外的，人類先遣隊發現在那虹光通道的後頭，竟連接著一顆能夠讓人類生存的完美行星！新發現的行星型態簡直就是地球的翻版，儘管重力和壓力比起人類的母星地球略有差異，卻擁有人類生存所必須的恆星光輝與自然的水流、海洋等。

而當這顆資源豐富、物產充沛的新行星被發現以後，這消息對於銀河系被開發到資源近乎枯竭的舊西元末期來說，簡直就像那只存在於傳說中的伊甸園一樣。

雖然那顆行星帶來了希望，但是因為前進那顆新行星時，先遣隊犧牲了不少隊員——都是等級未到達行星級的隊員。因此，人類發現要通過那連接兩個世界的拱門遺跡需要極其嚴苛的條件，那便是人類實力必須達到某個程度，才能夠承受拱門通道內密集星力的壓力。

於是有一段時期，人類為了能夠前往新世界，燃起了一股修煉熱潮。

當第一個星系聯盟正式在新世界駐紮以後，舊西元曆停止，改紀元為宇宙曆。原本的銀河系則改稱「原界」；而那顆類地球的完美行星，則被稱作奇蹟星。

這個被統稱作「新界」的星系，與原界最大的不同，在於該星系是以奇蹟星為星系中心，並且有一顆類似恆星的發光星體，以及兩顆衛星繞行著奇蹟星行進。科學家研判，就是因為新界不同於原界的星體運行方式，或許這便是新界比原界擁有更加充沛星力的主因。

新界，也是君兒和緋凰等人原本計畫好要前往的最終目的地。

在奇蹟星系也就是新界之外，一處隕石碎塊聚集而成的區域，有個男人站立在一處閃動著銀藍光輝的山崖上。他靜靜的眺望極遠處的那顆美麗的行星。

男人擁有一頭純黑色的長髮，此時正規矩的束於腦後。當微風吹來拂亂了他的髮絲，臉側露出了象徵人類大敵之一「精靈族」所特有的尖耳。

他完美英俊的臉龐上，黑瞳如墨水晶般的燦亮，身上的紫色披風被風吹得獵獵作響。

黑髮精靈眼眸倒映著那顆翡翠行星，閃過了一絲幾不可見的哀傷。

那裡曾經是他的故鄉，然而他因為自己的願望，叛離了原先的族群，背叛了自己的任務，隻

身跨越星系來到這遙遠陌生的群落中。

偶爾，他還是會想念過去的生活，想念熟悉的族人、想念他靈魂雙生的兄弟。探出手，想要握住什麼，然而自己能掌握的卻早已被剝奪、已經失去。

他伸展的左手背上，那半片如翼的契約正述說著他無能違逆的命運。那是他和兄弟在誕生時，在軀體與靈魂上一同被刻下的烙印。

望著那只有半翼的契約圖騰，黑髮精靈的嘴角彎起一抹嘲諷的笑弧。

像是察覺到了什麼，他將手負於身後，微微側身，他與髮同色的漆黑眼眸冷漠的看向無聲無息來到自己身後之人。

「靜刃大人，時間到了，兩位龍王和女神即將顯形。」

來人恭敬的半跪於地，將這個消息轉達而出。而他看著黑髮精靈的眼神有著極端的狂熱，僅因眼前這位擁有與其他同族截然不同特徵的男性，是他們族群失落千年之久的，能夠指引一族方向的「王」！

哪怕此刻尚未正式就任，但眼前男人那渾然天成的王者氣勢，無一不喚醒了族群在血脈深處對王者的信賴及崇敬。

「嗯。」

被喚作「靜刃」的黑髮精靈淡漠回應。
最後，他又看了極遠處的翡翠行星一眼，目光似乎閃動著隱晦的擔憂。

＊＊＊

此時，在精靈一族由植物與樹木建造而成的華麗王城內，兩頭一金一銀的巨龍虛影正逐漸在寬敞的白玉祭壇上顯形。
呼應著即將顯形完畢的巨龍身影，祭壇前方高聳入天的碧色巨木也閃爍著點點螢光，凝聚成一位絕美女性精靈的形影。
隨著三者的形象越發清晰，那屬於神靈與龍族特有的威壓，迫使精靈居民們不得不停下手邊的工作，暫時遠離王城中心。
與受到威壓而向外移動的精靈不同，一個身影逆著人流朝王城中心走去。精靈們紛紛對他表示恭敬，並且為他讓出一條道路來。
對於眾人的舉動，黑髮精靈臉上原本就平靜無波的神態沒有任何變化，也沒有因為半空中三大虛影帶來的強烈壓迫感，而讓腳步有任何停滯。

「呵呵，既然我族的王也到了，那麼就開始這一次的會議吧。」

如黃鶯出谷般的女人嗓音出自巨木前的女性光影。雖然她的容貌因為光輝而顯得朦朧，卻又為她增添了幾許神秘。

「那麼，依照我們彼此交換的消息，『魔女』應該會在不久後正式降臨。」金龍巨影開口言語，嚴肅的直奔主題，不打算浪費太多時間在打招呼上。

女性光影冷酷的淡淡一笑。「是啊，等了千年之久，那足以顛覆世界現況，執掌著毀滅或奇蹟的『魔女』終於要降臨了。能否打破和人類千年戰爭僵局，就全看這一次了！」

黑髮精靈最終走到了翡翠巨木的下方，靜靜的倚靠在巨木邊，神情淡漠的聽著上空三位光影的談話。他知道目前自己尚未擁有發言的權力，如今他能站在這裡，不過只是精靈女神想拉攏他的幫助和支持的手段而已。

關注著上方的三位光影，他自然沒漏掉兩頭巨龍眼中隱晦未明的光輝。他們似乎還隱瞞了什麼訊息。

銀龍冷冷一笑，張口卻是女性尖細的嗓音：「那麼依照千年前的協議，我們龍族在這次計畫中，將會使用特殊的大型禁咒攻擊那守護整個星系的虛空屏障，讓維持屏障的能量大量消耗，加速下一次的屏障虛弱期提前發生。」

銀龍概略的講述了龍族方的計畫，隨後提出了她最憂心的一點：「我族長老的預言裡，提及了那與『魔女』息息相關的存在就是人類中那位被稱作最強惡鬼的男人，我擔心計畫會因他而有所變化，畢竟我們兩族都沒辦法親自降臨星球執行計畫，不知貴族對那位人類男子有什麼樣的想法或規劃？」

精靈女神嬌笑出聲：「別擔心，我們精靈族早在與人類戰爭之時，就在人類身上種下了暗示的種子。只待時機成熟，透過設定好的啟動方式，原先我們留在人類潛意識裡的暗示便能代替我們在人類世界中製造混亂；利用人類自身的貪婪散播謠言，必定能在魔女成長之前，為她還有那頭惡鬼製造無數的麻煩。」

女神對己方的計畫感到萬般自豪，就彷彿那是她自己設想出來的計畫一樣。

倚靠在巨木旁的黑髮精靈無奈的搖首，對她這種將好處和功勞全攬在自己身上的行徑似乎難以苟同。

那分明是他的提議……算了，也罷。

兩頭巨龍沉默了一陣。他們透過彼此眼神交會的特殊方式進行溝通。

「如此甚好，比我們的構想好多了。那麼，這部分就由精靈一族來執行吧。」金龍輕嘆了聲。確實如此，比起他們直接散播謠言，這種透過人類自己傳遞謠言的方式更能夠煽動人心，由

精靈族負責執行這樣的計畫再好不過。

「希望這一次能夠順利完成我族肩負的使命……」銀龍神情冷淡，眼眸在瞬間閃過一道異樣詭譎的光輝。

「好在自從我族神靈不再出戰以後，那頭惡鬼再也沒出現過了。也幸好當初他嶄露鋒芒之時便鑄下大錯，以至於他再怎麼盡力的守護著世界，人類對他也沒有好感。想必他在與我們為敵的同時，還要面對人類的流言蜚語和抗拒排斥，腹背受敵的他必定在人類世界過得十分痛苦吧。」

銀龍滿懷惡意的笑著，神情有種報復似的快感。她可以預見仇人被同為人類的存在排斥抗拒的畫面，光是想到，她被那位強悍的人類男性摧毀軀體，只剩下殘缺靈魂的仇恨似乎就能得到紓解。

真是可笑，儘管被世人排斥，也執意要守護世界嗎?真是令人噁心的執念。銀龍在心裡嘲諷著。

金龍狀似遺憾的嘆息了聲：「可惜，儘管我們做了再多的努力，那頭惡鬼始終還是沒能與人類為敵，不然他完全有那個能力代替魔女毀滅世界的。現在就只等他的弱點……也就是那預言中，與他靈魂擁有相對等力量的『魔女』出現，我們就能夠藉由人類之手，達成你我兩族的最終目的了……」

兩龍一神這一次討論的計畫越來越完善，他們絲毫不避諱場中的黑髮精靈，又或者是刻意說給他聽的。

這是一個測驗，測驗他這個背叛族群與背叛魔女的守護騎士，是否真的有心要叛離。

最後不知怎的，銀龍忽然將話題拉到了黑髮精靈身上。她語帶戲謔的開口說道：「我們的計畫大致就是這樣……不知未來的精靈王對此有什麼建議嗎？我想，身為擁有守護魔女契約的你，應該是最了解『魔女』的存在。不曉得魔女的守護騎士還有什麼想要補充的？」

聽見銀龍的這番問話，男人只是淡漠的掃了那天空的銀龍虛影一眼，隨後倍感無趣的闔上了眼。

「我沒什麼好說的。你們只需要祈禱這一世的『魔女』心靈脆弱，那麼摧毀她便是件輕而易舉的事情了。」他冷淡回應，似乎不打算再多提什麼。

「你們可別欺負我的精靈王啊，他好歹也是我花了不少心思從原本的族群那拉攏過來的。」精靈女神輕聲一笑，主動將話題導向結尾。

「那麼，等我們感應到『魔女』降臨世界的那時，便是展開計畫的時候了！」

雖然語氣嬌柔優雅，精靈女神嘴邊卻彎起了一絲殘忍的笑。兩頭巨龍亦同。

三位光影在敲定針對魔女的計畫以後，便各自消散了形影，也一同帶去了那讓人壓抑的喘不

過氣的威壓。

直到那沉重的感覺離開，黑髮精靈才緩緩睜開眼。他看向遙遠的行星方向，神情滿是無奈與疲倦。

他嘆息著，那想要說出口的警告卻無能說出。想著此時或許已經尋找到魔女的靈魂兄弟，他的眼裡只剩深刻的哀傷。

＊＊＊

君兒看著站在卡爾斯身邊，那體態修長，有著一頭純黑色凌亂短髮的男人。

男人一頭亂髮垂落臉龐，極長的瀏海蓋住鼻梁以上，只能看見他半張臉的臉部曲線，性感的薄唇上掛著淺淺卻又疏離的笑容。

他的站姿輕鬆隨意，態度平靜自若，有一種與星盜們粗野豪放截然不同的優雅，這樣的矛盾，在他身上卻恰好的融合成一種特殊氣質，讓人不自覺的會被他吸引注目光。

「靈風，這位就是我說的淚君兒。」卡爾斯慎重的將君兒介紹給靈風認識。

君兒也有禮的開口自我介紹：「你好，我叫淚君兒，請多多——」

指教一詞還沒說完，君兒便被靈風不耐煩的揮手制止發言。

「我沒興趣知道妳的名字。我也沒打算教妳我的技術。」靈風冷漠的開口。

靈風的聲音讓君兒頓時一愣。這聲音……不就是那天晚上，她躲在戰艦天頂花園時，聽她說話又開導她的那位路人星盜嗎？

不過與那天不同，此時，她感覺到眼前的男人對她的強烈抗拒。

於是，君兒止住了話語，目光清澈的望著他，絲毫沒有因為他的拒絕而有所動搖。

卡爾斯眼角一抽，因為靈風這般不給面子的拒絕很是不爽。他臉色鐵青的就想揍人，卻在看見君兒未曾動搖的神情以後，忍住了自己的暴力衝動，就想看看君兒怎麼解決這樣尷尬的窘境。

君兒深吸口氣，看著眼前雙手抱胸、面露嘲笑的黑髮男人。她沒有退縮，因為她知道，老大的星盜團裡只有這個人掌握的技術，能夠將她的才能完全發揮出來。

「我知道靈風先生現在還不能認同我，也大概猜得到你為什麼會討厭我的理由。但請給我一次證明自己的機會，向你證明我有資格得到你的指點，只要不違背我個人原則的事，我都願意去做。」君兒目光湛亮，眼底的星星因為堅定的信念而亮著微光。

靈風正靜靜的打量眼前這位嬌小可人的黑髮少女。

少女絲毫不畏懼的眼神裡，閃動著隱隱深邃的星光。然而透過這雙眼，靈風看見了少女藏在

身軀裡頭的，那已結蛹正準備蛻變成蝶的璀燦靈魂。

靈魂是一種純粹的「感覺」。在這瘦弱的身軀裡頭，靈魂卻耀眼的幾乎就要震撼他的靈魂。那過去未曾接觸的靈魂氣息，此時卻引起自己體內靈魂契約的共鳴反應。

早在卡爾斯破天荒的從新界來到原界以後，透過契約的牽引，靈風感受到了契約的呼喚。直到君兒被帶至戰艦上，他就知道自己一直在尋找，也一直在試圖逃避面對的人，終於出現了。

他終究還是躲不開命運的安排，必定要履行那烙印在靈魂裡的任務。

少女眼中只有極少數人才能看見的星星光點，讓他肯定了她的身分──「星星的魔女」，職掌毀滅終焉或希望奇蹟的「魔女」。

見少女單純的誤會了他討厭她的理由，靈風心裡很是感慨。他其實並不討厭她，他討厭的是已經被注定好的命運。那為了保護她，必須失去自己選擇未來的命運。

「哦？那如果我要妳成為我的女人呢？」靈風試探性的開口，輕佻的以指托起君兒的下顎。

靈風這一反常態的輕浮舉止，讓卡爾斯訝異的挑起劍眉，原先的惱火消失了，取而代之的則是饒有興致的眼神。

「那不可能。」君兒想也沒想的拒絕了，同時還一手拍開靈風放肆的手，眼裡的堅定仍舊沒有變化。「我的身心只會獻給我愛的人，違背這項原則的事我絕對不會答應。」

「那我不想教了，又沒好處，我又不是傻子。」靈風一撇薄唇，雖然語氣略帶不滿，但他心裡還是因為君兒堅定自己的原則而有了欣賞。

「或許沒有好處，但我還是希望你可以指導我。我知道你缺一位草藥學的助手，我擁有百毒不侵的體質，所以也可以當你的人體實驗品；我對符文的認知或許比不上你，但相信我的水平一定不會讓你丟臉。而且多一位學徒，你工作起來也會比較輕鬆不是嗎？」

聽著君兒的自我推薦，靈風雖然有點心動，但還是不肯點頭。

「如果我還是不肯教導妳呢？」

「那我就煩到你教我。」

君兒是鐵了心要認靈風當老師了，她垂涎他直接由「陣神滄瀾」指導傳授的符文凝武技巧。為了保護自己，她說什麼也想把這門技巧學得精湛，把自己的才能發揮到最高點。那是她所擁有的最大優勢，如果有老師指點，她的成長絕對會是令人驚豔的。她相信只要努力下去，總有一天她的堅持會被所有人認同的。

靈風沉默了許久許久，直到一抹沉重的殺氣隔空籠罩住他。那只針對他，讓他感到寒毛直豎的可怕敵意，在在顯示眼前少女的那位隱藏在黑暗中的守護者已經等得不耐煩了。

他能感覺到自己被某人跨越空間的森冷目光盯上，讓他有種如果自己不答應，會在隨後就人

間蒸發的悚然感，天曉得那位鬼大人會因為他的不願意教導而怎樣處置他？

幾番糾結過後，靈風還是在心中說服了自己。反正他遲早也是要向命運妥協的，與其抗拒，還不如順從命運的安排吧？抗拒的聲音漸漸低微，讓他覺得心情很是沉重。

最後，他嘆息了聲，向命運低下了驕傲的頭顱。

「那好吧，我給妳一個機會證明妳不是那些嬌生慣養的大小姐。但先說好，要得到我的認同得先經過我的考驗，直到哪天我認同妳之後，我才會教妳我所會的一切。」

君兒不解靈風為什麼忽然轉變了態度，但他能夠給她機會，還是讓她很開心。

「謝謝！」她喜悅的露出真誠的笑容。

君兒那單純且雀躍的笑，嬌豔的好像陽光一樣，意外的驅散了靈風心頭的陰影。這讓靈風揚起滿懷惡意的笑，忽然想到一個苦中作樂的有趣遊戲。

「在我認同妳之前，我不想叫妳的名字，所以從今天開始，我就叫妳『笨蛋』吧！」

君兒則因為他如風雲莫測的情緒變化而呆愣了神情。

隨後，靈風在發言過後，有禮又優雅的向君兒行了個標準的紳士禮，語氣輕快的開口：「那麼，笨蛋，以後就請多多指教。」

「欸？！」

Chapter 67

隱藏在毒舌裡的關心

「那麼老大，這個笨蛋我暫時借走了。我想到今天是草藥固定的整理時間，正好可以順便考驗她的抗壓性到哪種程度。」

想通了的靈風顯得心情愉悅，而被他稱作「笨蛋」的君兒則是一臉無奈。她發誓，總有一天要讓靈風認同自己，是喊自己的名字而不是叫她笨蛋！

「走了，笨蛋，希望妳別和老大的癩皮小貓一樣跟丟了，我可不是個會愛惜寵物的好主人喔。」靈風手背在腦後，踏著悠閒輕快的步伐離開了，同時還不忘出言調侃君兒。

這讓君兒臉上的苦笑更深了。這話的意思是把她當成寵物看待嗎？

「靈風老師，等等我！」

誰知靈風聽到君兒語中的敬詞，原本輕快的腳步猛地一頓，他忽然全身爬滿了雞皮疙瘩。看樣子他當星盜太久了，聽習慣了那些粗俗野蠻的講話方式，反而不習慣這種文明的敬稱了。

「別用敬稱，也別叫我老師，我還沒承認妳是我的學生！」靈風警告出聲。

「知道了，靈風老師。」君兒笑盈盈的回應。

「別喊我老師！噁心死了！」

看著靈風臉上可疑的暗紅，君兒猜想他該不會是在害羞吧？

察覺到這點，君兒原本心裡對靈風一開始的嚴肅印象全沒了，取而代之的則是一種有趣又好笑的心態。

搞不好靈風沒有他一開始表現的那麼可怕也不一定？

「會嗎？我覺得這是一個非常慎重嚴肅的稱呼呢，靈風老師——」君兒刻意拉長尾音，看著靈風越來越紅的臉龐，笑得可燦爛了。

此刻，在靈風眼中，君兒的形象幾乎快可以跟小惡魔劃上等號了。

直到靈風和君兒一前一後離開，卡爾斯終於大嘆了口氣，放下心中一塊大石。他隱約猜想到了靈風先前忽然轉變態度的理由為何。

他對著無人的一處喊道：「阿鬼，剛剛是你逼靈風答應的吧？」

隨著他的問話，原本無人的空間忽然一陣扭曲，身披紅斗篷的男人沉默的走出他躲藏的空間縫隙。他靜靜的望著君兒遠去的方向，劍眉緊鎖，神色流露焦躁。

卡爾斯看著他這樣的神情，憑著他對戰天穹的了解，自然也知道他在憂慮什麼。他忍不住問道：「你是在擔心君兒會移情別戀嗎？」

戰天穹的眉心始終沒有鬆開，心裡很是糾結。

他擔心長時間的相處，君兒會對對方產生依戀，最後會變成愛戀……但現在他又不能出面，

只能隱藏在陰暗中守護她，但他很惶恐，君兒也許會在這段時間愛上別人。

看著戰天穹眼裡的擔憂，卡爾斯眉一挑，對這位好友的舉足不前很是無奈。「不然你就老老實實的出現在君兒面前，別藏著躲著保護她還不讓她知道。」

「不，我跟她約好，這兩年要讓她獨自歷練的。」戰天穹始終堅持著這點，哪怕其實他很渴望在君兒身邊指導她。

可是說真的，越是思念與愛慕，他就更感到惶然；如何用這樣隨時都有可能被噬魂侵佔意識的狀態去愛她？

他唯恐噬魂的存在被君兒發現，又或者說，他不願讓君兒看見他最深最黑暗的那一面。

卡爾斯氣惱的咒罵出聲：「我真的懶得說你了，戰天穹你這懦夫！」

戰天穹只是冷冷的瞪了他一眼，緊抿薄唇。最後他才淡漠開口，轉開話題：「卡爾斯，你不覺得那個靈風給人一種很奇怪的感覺嗎？」

他微微蹙眉，他雖然躲藏在空間夾縫中，但不代表沒辦法感覺外界的一切。那個擁有跟君兒相同髮色的男人，給他一種說不出來的詭異感受。尤其在之前，噬魂哪怕耗盡力量也要傳給他的訊息，讓他對靈風更是充滿戒備與困惑。

「喔，你也感覺到啦？不過我問過羅剎了，似乎是因為某種特殊的原因，所以羅剎給了靈風跟你同樣用來遮掩真面目的符文道具。我是不知道靈風究竟在隱藏什麼，不過既然他是羅剎安排的人，我選擇相信羅剎。」

卡爾斯將自己知道的消息說出，卻還是無法解除戰天穹心底的疑惑。

噬魂曾說過「那傢伙身上有那女人的氣息」，他口中的「那女人」，是否就是自己先前夢裡見到的那一位，和白髮男一同奪去了辰星性命的女人？是那位自稱是辰星的姊姊的人嗎？

噬魂沒有回答他的問題，只是一個勁的沉浸在自己的負面情緒中。最後被他再度壓制回心底深處，暫時性的封印起來。

看樣子，他得趁抵達新界之前，好好查探這位靈風才是。他絕不允許君兒身邊有任何危險因子存在。

戰天穹沒有讓卡爾斯知道自己的打算，畢竟卡爾斯都說他選擇相信羅剎了。也希望靈風不要辜負了卡爾斯的信任，不然，哪怕他是卡爾斯的手下、羅剎的學生，該處理掉的，他還是會冷酷的將之扼殺。

見戰天穹又想走回空間縫隙，卡爾斯像是忽然想到什麼似的，趕緊出聲喊住他。

「欸欸，阿鬼你等等！」

戰天穹困惑回首，動作停頓在正要跨進空間縫隙中，處於半消失的狀態。

「君兒知道你的身分了嗎？」卡爾斯突然問起了跟先前毫不相關的問題。

「君兒只知道原界流傳的部分傳聞而已。問這做什麼？」戰天穹危險的瞇起赤眸，語帶嚴厲：「我警告你，別去君兒面前多說什麼。」

君兒過去早就從他身上的鐵灰紅印隱約猜出了他的身分，但原界對他的消息並不流通，所以君兒並不知曉詳情。可新界對他的傳言比起原界流傳的消息，更是負面無數倍，他實在不想讓君兒太早知道別人對他的那些流言蜚語。

想到這，戰天穹心中不由得浮現酸楚。

為這個世界做了再多，換來的卻是無數罵名和詛咒，這麼做真的值得嗎？在抵禦外族的攻擊時，還要面對來自人類的戒備與抗拒，說真的，他已經厭倦這樣的生活了。所以不知從何時開始，他不再為了人類出戰，而是選擇冷漠的關注戰場，將一切交給他的族人、他的學生，還有其他的守護神。

看著戰天穹臉上一瞬間的情緒變化，卡爾斯心中也是無奈與憤怒交織。

身為戰天穹的友人，他非常清楚眼前的男人為整個人類世界付出了多少努力，然而因為很多理由，這本應該在人類世界受到崇敬與尊重的男人，卻被排除於「人類守護神」——那被所有人類敬重的名單之外，只能落得黑暗守護神的稱呼，被世人痛惡畏懼。

「君兒遲早也是得知道的，而且可以從她對這個消息的看法，看得出她有沒有愛上你的機會。如果她不能接受，那麼你就早早死心，放棄保護這丫頭的念頭；如果她能夠接受，你就無論如何也不要放棄她。」卡爾斯嚴肅開口，他看著那又想逃避這件事情的老友，態度很是強硬。

「我會找時間跟君兒談你的事，你可別來妨礙我。」卡爾斯臉上的堅決，表明他鐵了心要跟君兒商談關於戰天穹真實身分的事情。

「卡爾斯！」戰天穹劍眉一豎，就想發火，但看著卡爾斯慎重堅定的眼神，心中浮現的怒氣又再度弱了下去。

「戰天穹，你的勇氣是給噬魂吃掉了嗎？」卡爾斯逼問道。

卡爾斯的問題讓戰天穹顫了顫身子，像是被戳到痛處一樣。

「你別多管閒事。」

狼狽的丟下一句話，戰天穹急急跨進空間縫隙，不打算面對卡爾斯那寫著「恨鐵不成鋼」的眼神。在感情這方面，他是真的很懦弱膽小。

只是答案或許就像卡爾斯說的那樣，他的勇氣真的被他藏進黑暗面裡去了。他抗拒跟失去的，在噬魂身上全都找得到，他們是彼此的兩個極端。

噬魂自信灑脫並且坦率不掩飾，這些都是戰天穹沒有的特質。只是，以魔一面呈現的噬魂，

卻也因此帶上了一絲邪性以及不顧慮後果的狂妄自大。

其實他們心裡都明白，戰天穹要跨過心裡那道檻，還是得靠他自己才行，旁人能做的真的不多。

戰天穹離開以後，獨自被留下的卡爾斯一手摀額、一手叉腰，仰天長嘆：「最後還是要老大我出馬，真是的……都不把我當兄弟！一個人悶著，事情會有什麼進展嗎？這頭惡鬼什麼都行，就是在男女情愛上廢材到不行！」

「得找個時間跟君兒好好談談才是。阿鬼你就相信我一次吧！我看的人也不少了，君兒那女孩也不是什麼無情之人，只要讓她知道你的好，她會懂的……」

隨著卡爾斯的聲音逐漸遠去，隱藏在空間縫隙的戰天穹才幽幽的嘆息了聲。

* * *

君兒跟在靈風身旁，在邊喊他老師逗弄他的同時，也偷偷觀察著他和其他星盜們的互動。

讓人驚訝的是，那些天不怕地不怕，連卡爾斯都敢出言調侃的粗野星盜們，在見到靈風以後神色都會帶上一絲畏懼，彷彿他是什麼妖魔鬼怪似的，能離他有多遠就有多遠。偶爾會有幾位星盜會和靈風打招呼，全都是穿著白袍的醫療人員或者是藥劑室的工作人員。

以往星盜們都會對她出言不遜，然而這一次跟著靈風，那些星盜卻怎樣也沒像以前那樣嘲笑她或者是開情色玩笑了。

靈風有那麼可怕嗎？

君兒對靈風更加好奇了。

「靈風老師，我想請問你一件事。」

「……妳還來？我不是說不要加敬稱了嗎！」

君兒見靈風似乎正處於爆炸邊緣，便決定不再逗弄他。她輕輕一笑，將話題轉到了她一直很好奇的問題上：「那我問一個問題，靈風老師回答我的話，我以後就直接喊你靈風先生好了，不加老師囉。」

「也不要加『先生』，亂奇怪一把的。妳直接稱呼我的名字就好，只要別再加敬稱，什麼都好！無論是我的三圍還是內褲顏色什麼的我都告訴妳！」

「我才不是要問這些呢！」君兒面露尷尬的反駁，沒想到靈風竟然對「敬稱」一事排斥到這種地步。

靈風一臉頭疼的只希望君兒快點打住那個尊稱。他自認自己還無法勝任「老師」這個偉大的

職業！

過去，扮演他人生老師的角色是他的哥哥，那樣的存在令他崇拜景仰，因此，他自認不成熟的自己還沒那個資格被人稱作「老師」……

想到那段記憶，靈風的心情忽然變得沉重壓抑，讓他的臉色有些消沉。

君兒看著他變化了的臉色，不解靈風為何忽然面露哀傷，原本想問他要怎樣才會認同自己的問題，到嘴邊卻改口換了個比較輕鬆的話題：「那，我想請問……你這樣真的看得到東西嗎？」

她走到靈風前側，好奇的打量他被頭髮遮掩住的眼眸所在。這樣根本完全看不到路吧？雖然知道有些強者就算閉上眼睛，還是能透過精神力來辨認路徑，但其實她只是想知道，在靈風那漆黑的髮絲底下遮掩的眼，是不是跟她一樣也是純黑色的。

察覺到君兒問題中的深層含意，靈風鬆了一口氣，他抬手壓住自己臉上的髮絲，嘴邊彎起一抹似笑非笑的弧度。

「妳是單純的好奇我看不看得見，還是好奇我是不是跟妳有同樣顏色的眼睛？」

他直白的將君兒真正想問的問題點了出來，讓君兒因為被揭穿小把戲而微微羞紅了臉。只是，她也很坦率的點了點頭，承認了這個問題。

「因為我從來沒看過跟我有同樣頭髮顏色的人，所以我想知道你和我是不是一樣都是黑色眼睛。」君兒的語氣裡帶上了一絲期盼和緊張。

靈風怎麼會不知道君兒心裡在想些什麼？無外乎就是想知道自己和她是不是擁有相同的特徵，如果是的話，那他們彼此會不會是失散的家人或親族？

他感覺得到少女心中那嚮往家人的期盼，讓他原本就想說出口的嘲諷，到了嘴邊卻成了一聲長長的嘆息。

「無論答案如何，我想妳都會失望的。」靈風想起了過去哥哥安慰自己的方式，手放上了君兒腦袋，輕輕的拍了拍。

說出這句話以後，他可以感覺到少女身上傳來的濃濃失落感。那盼望歸屬卻又找不到的哀傷，深切的被他所感覺到。

如果是別人，他大可以不去理會對方的想法，但眼前的人是自己必須奉獻生命去保護的「魔女」，他怎樣也不能忽略她的感受。或許是契約使然，但他確實沒辦法違背，並且會因此受到影響。

「妳以後會明白為什麼我會這樣說的。好了，笨蛋，別難過了。雖然我不是妳猜想的那樣，跟妳有血緣或族群關係，但歸屬這種東西並不是別人能給妳的，而是妳自己選擇的。」靈風難得沒有毒舌，而是語帶溫和的說道。

這讓君兒又想起了他在那天晚上對自己溫和開導的情景。

靈風其實並不是個真的像別人說的那樣個性惡劣、毒舌傷人的人。感覺就像鬼先生一樣，只是一個是用冷漠藏起自己的溫柔，一個是用毒舌隱藏自己的本性而已。

「謝謝……靈風你其實是個好人呢，一點也不像別人說的那麼討厭。」君兒溫柔揚笑，誠實的說出了自己對靈風的感受，卻惹來靈風不屑一顧的表情。

「我如果是好人的話，那這個世界就沒有壞人了！妳這笨蛋大小姐可別隨便因為別人說了幾句能鼓勵妳的話，就把對方當成好人傻傻的相信了！」

靈風語鋒一轉，嚴厲無比的對著君兒警告道：「笨蛋，不要隨隨便便就對人產生好感和信任，知道沒有？尤其這裡是星盜團，老大那張死娃娃臉妳最清楚了，表裡不一是星盜的特色，背棄叛離是星盜的天性。妳一個女孩子身處其中更要學會保護自己，不要隨便付諸信賴。當然，連我妳也不能全然相信，在這個環境裡頭，妳得學會防備。」

君兒面露微笑，她目光清澈的看著靈風。

「會說這種話來關心別人的一定不是壞人，所以我相信靈風是好人哦。你可以說我傻，但我的直覺一向很準的。否則，當時你不會出手把紫羽從那一群調戲她的星盜手中帶出來。感覺靈風你好像是刻意用這樣的毒舌方式去疏離別人似的，但其實你沒有惡意。」

靈風怔怔的看著君兒，有那麼一瞬間，他從她這句話聯想到自己的哥哥曾經說過極其相似的話。

『靈風，雖然你經常惹長老他們生氣，關心別人的用詞也很惡劣，但我知道你擁有一顆純粹單純的心靈，你是個好孩子，你只是用這樣的方式來保護自己而已……』

兄長那帶著無奈和關心的話語言猶在耳，然而，那個人如今卻已然捨下了族群、拋下了他，甚至還可能背叛了他們命定中本應保護的存在。

「呿，我才不是好人呢……」

靈風的臉龐因為被稱讚而微微泛紅。莫名的，他心中對君兒的排斥感沒有那麼強烈了，或許是因為君兒讓他想到了別離許久的兄長。

Chapter 68

第一個難題

「哼，妳別以為這樣我就會對妳放水了！想要當我的助手和徒弟，我可是很嚴苛很挑剔的！」靈風又恢復原先的冷淡，同時還不忘再次警告君兒：「星盜的世界是很危險、很可怕的，並不適合妳這種嬌生慣養的大小姐，妳還是趕快放棄，回去過被人疼、被人寵的美好生活吧。」

君兒只是自信的笑著，靈風說的這些她已經聽過很多次了。因為卡爾斯破例拉攏她這位大小姐加入星盜團，使得有一部分的星盜因為懷疑她的能力而對她存有隔閡芥蒂，根本不相信她有那個能力可以在這個世界生存下去，全當她是來玩的任性大小姐。

這段時間她也收到不少來自其他星盜的恐嚇與嘲弄，唯一支持她的恐怕只有紫羽、醫療室的休斯頓爺爺和卡爾斯老大了。

但她知道還有一個人絕對會支持她，那就是默默守護她的鬼先生。

她會證明自己有那個能耐的！不只是為了讓別人心服口服，也是要向鬼先生證明自己有那個資格成為強者，有能耐成為他的助力而不是拖累。

她從小到大就是這樣，堅強的面對一切難題，然後一一去克服，哪怕在皇甫世家也是一樣。努力修煉、專心上課、用嘲諷來磨練心智，這樣她才有辦法在晚了他人修煉的幾年時間後，在戰天穹短短一年多的指導下，靠著努力彌補了時間的差距、靠著刻苦填補基礎的空缺，從不曾有一日落下修煉和鍛鍊——這一切，都是她用無數的努力與時間換來的成果。

時間會證明她的堅持是對的！

沒有用心，又何來的實力和成就？沒有努力，又怎有機會發現奇蹟？沒有強韌的意志，她又如何撐過那般枯燥乏味的修煉？不被舒適奢華的生活給迷失本心，不因慵懶閒散的生活怠惰了實現夢想的腳步。

她犧牲了很多她這個年紀的女孩子應有的平靜和快樂，為的就是終有一日，自己能夠完全主宰自己的生命和未來！

「既然這是我選擇的路，我就會一直走下去。我不需要別人認同我，我只要先認同跟相信我自己的努力就好！只要我堅持下去，總有一天我的夢想一定會實現的！」君兒臉上神情是耀眼的自信，絲毫沒有對自己的否定與懷疑。

靈風透過心眼，看見了君兒在說出這段話的時候，那靈魂瞬間綻放的絢爛光彩。那是比星星還要璀璨的光輝。

君兒見靈風臉上露出若有所思的神情，卻沒有像其他人因為她這樣的話語而多加嘲笑，她感覺得出靈風剛剛說的那番話是真誠的基於關心。

「為什麼？大小姐的生活不好嗎？想要什麼就有什麼、奢華又安全的環境、用的都是最好最貴的，妳執著於變強有什麼意義嗎？」良久後，靈風淡漠的詢問。

君兒回望靈風，此刻她的心情並不平靜，因為她感覺到了靈風對她態度的變化和動搖，讓她知道自己一直以來的堅持還是可以感動別人的。

「因為我想要自主我的人生，主宰我自己的命運！我不想要因為身分或者是性別而受到控制跟限制。大小姐的生活是很優渥安全沒錯，但那不是我想要的。我不習慣那樣太過於安定的生活，我想要去旅行、想去冒險、想要能夠保護自己所愛的人，但在那之前，我得先擁有自保的實力才行！」然後，還想成為鬼先生的助力。

最後一句話君兒沒有說出口，那是她藏得最深，也是一直以來支持她走到現在的珍貴願望。

或許她對鬼先生的了解不多，但她現在清楚自己的心意了，就更明白自己一定得變得更強才行。站在強者身邊的女人絕對不能懦弱！因為那會成為累贅。至少也要在智慧或實力上足夠強悍，才能幫助他更多更多。

靈風的神情漸漸放緩，最後他才終於開口：「先說好，我可是會瞧不起半途而廢的人喔。」他語氣雖仍是那輕柔優雅的腔調，但是卻比先前還要冷硬了幾分。

君兒自信的笑了，她緊握雙拳，小臉上滿滿是對未來的期望。

「放心，再可怕的事，我都經歷過了。我知道我選擇了這條路以後，一定會受傷、一定會經歷痛苦、也一定會發生很多很多的事情，但是我不想再因為沒有力量，而錯失可以保護我重要的人的機會……」

「比起失去重要的一切，這些考驗都不算什麼！而且，我發過誓了，我發誓不會逃避危險跟難題，不會放過任何可以成長的機會！總有一天，我也一定會讓靈風認同我，不是喊我笨蛋，而是叫我的名字！」

「我會很期待有那麼一天的，不過在那之前，妳還是繼續當笨蛋吧。」靈風冷哼一聲，但不難看出他的心情不錯。至少君兒的心理素質比他原先認為的好上太多。只是同時，他也不由得因為君兒的話語而心生苦澀。

「主宰命運」嗎？這個詞彙讓他覺得很是諷刺。

他又何嘗不想主宰自己的命運？但在降生之時，他和兄長的命運就牢牢的與眼前的少女繫在一塊了，完全沒有選擇的機會。

他也可以像兄長那樣放下一切遠走他鄉，但他做不到……

「好了，大笨蛋，從今天開始就好好享受我的折磨吧！希望妳能像隻膽小的老鼠一樣認輸逃跑，到時候我會和全星盜團的人說妳有多沒用，希望妳不要浪費我的寶貴時間，也希望妳能在嘲弄中堅持到最後，而不是當一個徹底的失敗者……要知道在星盜團裡，失敗者只能成為墓碑上的名字哦。」

靈風笑容平淡溫和，卻說著讓人覺得心裡發寒的話語。

這時，君兒才忽然明白，靈風或許本性是善良的，但終究還是一名在危機裡生存的星盜，殘酷的本質終究是無法抹滅的。當他溫和揚笑的時候，反而比他不耐抿唇更讓人感覺疏離。

他身上的矛盾氣質顯示了他性格上的多變，一會兒很輕鬆，毒舌的語詞雖然刺人卻不至於讓人壓抑；但當他真的冷酷時，哪怕講話不帶髒字，卻是字字刺人。

「我會拭目以待的。」靈風淺淺的笑著。

✻ ✻ ✻

不久後，靈風領著君兒抵達了目的地。

那是之前卡爾斯帶著紫羽來找他的那間種滿各種植物的寬敞房間，和紫羽當時的震驚一樣，君兒在大門打開的瞬間，同樣也對裡頭碧綠的植物們訝異的瞪大了眼，卻很快就恢復平靜，只是睜著一雙好奇的眼眸四處打量。

「好了，到我的植栽室了，妳今天的任務，就是幫我驅蟲。啊，不曉得嬌貴的大小姐怕不怕蟲子呢？不過在我這兒工作，我可不管妳之前是什麼身分，做不到就給我滾出去，我這裡不需要廢物，尤其是一個還需要我照顧呵護的大小姐，我可不是免錢的奶爸。」

靈風冷笑，最後一次說出警告，隨後便逕自走進植栽室裡頭，不再理會君兒。

君兒咬了咬下唇，因為靈風這樣嘲諷的語氣激出了怒氣，但她仍舊保持著理智，知道靈風的考驗已經開始了。

驅蟲就驅蟲嘛，以前她小時候可是常常抓蟲子去嚇那些欺負她的壞女生呢！更別提她在皇甫世家吃了多少營養的蟲蟲大餐……說真的，就算會怕，到最後也能泰若自如的面對了。

君兒拿著靈風隨手扔給她的工具，開始在一盆盆植栽前小心謹慎的避開脆弱的花草根莖，將害蟲用工具挑出。

在她終於抓完一個區域的害蟲後，靈風又接著下了命令。

「把我剛剛指示區域的蟲子都抓完了?抓完的話，妳就把紅色的蟲子放到那邊的植物盆栽裡，綠色斑紋的放去左邊那一區的小樹上……哼哼，這些蟲子對部分植物而言或許是害蟲，但也會是另一些植物的益蟲呢。別搞錯了，笨蛋。如果妳弄錯了，就把蟲子給我活吞下去。」

君兒驚愕的看著自己手中提袋裡扭動的蟲子，忽然覺得以前那種煮成熟食的蟲料理似乎可愛多了。手邊這些可是活生生、肥滋滋還會扭動的蟲子呢，要她吃下去……說真的，以她的心理素質還會感到毛骨悚然。

於是，她的動作更是小心且慎重了。

只是靈風植栽室的盆栽之多，竟讓她忙碌了整整一天，才完成了將近五分之一的範圍。天啊，她可以想像之後的任務會有多艱辛了！

她也終於明白為什麼沒有星盜願意來當靈風的助手，這工作不僅枯燥乏味，還需要非常的小心，對那些粗手粗腳的星盜們來說實在太過辛苦，但靈風自己一個人，究竟是怎樣顧全這麼多盆栽的？

君兒想問，卻知道現在不是詢問此事的時間。靈風的第一個考驗，應該就是看她能不能勝任這份工作，這是一個考驗耐心和專注力的課題。

靈風靜靜的觀察君兒的狀態，嘴邊揚起一抹壞笑。現在就讓這位大小姐嚐嚐真正的苦頭吧！他也得知道君兒的底線在哪裡，以後才方便訓練。

「來製造點樂趣好了。」

靈風傾身在一株樹身是魚鱗狀的小樹旁，用一種恍若歌唱般的陌生語言述說著什麼。

小樹像是能懂人言似的，輕輕抖了抖枝幹，與之同時，小樹四周的作物像是都聽到靈風用特殊語言下達的指示一樣，不約而同開始輕輕顫抖。

正在工作的君兒忽然發現，這些作物像是刻意要庇護害蟲似的，用層層葉片覆蓋著蟲子，而因為她謹記著靈風的警告，盡量不要傷害作物枝幹花葉的要求，很多時候都無從下手，只能望著植物乾瞪眼。

「怎麼了？如果累了或不耐煩的話，妳隨時可以走人的。大門沒關，妳自己走出去，不過要是放棄的話，以後就都不用再來了。」

靈風樂呵呵的嗓音傳了過來。

靈風帶著一絲陰謀得逞的玩味笑聲，讓君兒狐疑的看向他。她直覺認為是靈風動了什麼手腳，但她卻抓不到靈風的把柄，只能繼續對著植物苦苦思索解決方案。

靈風輕撫著手邊的小樹，用那特殊語言表達自己的感謝。他和他的族群擁有能跟植物溝通的能力，也能感覺到植物們向他傳來的感受，唯獨只有跟植物相處，他才能感覺平靜和安定。

撫摸著手邊的植物，他忽然很想念故鄉的叢林和族裡那顆孕育他的紫紅色母樹。因為君兒讓他想起了兄長，害他現在變得多愁善感了起來，讓他有些氣惱和茫然。

「不曉得長老他們現在過得好嗎？我偷偷離開族群，應該讓他們很擔心吧……」靈風喃喃自語。他像個離家許久的旅人一樣，在思念家鄉的同時也帶上了一絲惶恐。

為了尋找離開族群的兄長，以及他必須要保護的魔女，他隻身一人離開了家園，來到這陌生的人類世界，隱藏身分，默默的遊走世界。

而如今，魔女是找到了，這表示和兄長會合的時間也不遠了，只要他完善和魔女的契約，那麼這屬於「魔女神騎」的契約，便會指引他和兄長再度重逢——但那時，面對的究竟是久別重逢的哥哥，還是持劍以對的敵人呢？

可以的話，他多不想迎接那一刻呀！

「……靈風？靈風！我有事想請教你，你有聽到我說話嗎？」

少女的呼喚聲將靈風從思緒中拉出。他有些呆愣的看向身高僅僅只到自己胸口的黑髮少女。這與「那位」有著相似容貌的少女，讓他開口錯喚了來人稱呼。

「魔女……」話才剛說出口，靈風立即回神，趕緊改口：「美女，有什麼事情嗎？我可不接受沒有好處的邀約喔！」

這話一說出，就讓靈風有種衝動挖坑把自己埋了。

美女？！眼前這才十五歲上下的黃毛丫頭哪點跟美女扯得上關係了？就算她容貌秀麗，但要長成美人兒也是幾年後的事情。

他可不像某人一樣嗜好未成年少女！

「我是想請問如果植物完全把害蟲遮住了，該怎樣在不傷害植物的情況下，把害蟲抓出來的方法。」君兒認真的詢問，絲毫沒有因為靈風先前的輕佻語詞而有任何情緒變化。她可不認為靈風是在稱讚或搭訕她，這八成是靈風平日習以為常的反應方式。

「妳是真的笨還是假的蠢？我說不能傷害作物，妳就不能動動腦子，試著操控星力去完成工作嗎？妳對星力的運用是白學的？妳這空有胸……喔，好吧，沒胸又沒腦子的笨蛋大小姐。」

靈風惡毒的話，讓君兒眉眼抽搐。她第一次遇上靈風這樣性格的人，真的讓她在感覺棘手的同時，那希望被靈風認同的爭勝心也越發強烈了。

「……不跟毒舌計較。」

Chapter 69

友人的消息

君兒已經是第七天在靈風的植栽室裡頭幫忙了，這段時間靈風絲毫沒有打算指導她任何跟戰鬥或符文有關的技巧，只是要君兒不斷的重複利用星力捕捉害蟲的工作。

君兒沒有任何抱怨，也沒有主動提起任何跟學習有關的事，只是默默的做著靈風交代的事務，同時暗中記下靈風偶爾提到的跟草藥有關的知識，以備不時之需。

過去戰天穹曾指導過她有關操控星力的技巧，只是當時在皇甫世家礙於時間有限，所以沒有在這個輔助的技能上多加著墨。這一次，君兒利用星力代替工具捕捉害蟲，隨著一次次反覆的練習，讓她對這種近身操控星力的技巧有了新的認知理解，原本生澀的操控也變得越來越熟悉上手。

而她在替靈風工作時，她也悄然關注靈風的一舉一動，可這男人整天慵懶輕鬆的不是在擺弄植物，就是自己去另一間符文工作室忙碌，君兒從來沒有看過他花費時間鍛鍊自己，這讓她不禁好奇靈風的實力究竟是如何磨練出來的。

她透過卡爾斯，也知道了靈風有著和老大不分軒輊的強悍實力，但連卡爾斯都還會固定時間鍛鍊自己，可靈風卻完全沒有——按照理說，修煉這種事並不是實力達到某個階段就能停止的事情，而是必須持之以恆，不斷的累積才不會生澀。

君兒審視的目光，落在躺臥於植栽室內部一棵大樹底下午睡的靈風。他似乎不在乎被人關注一樣，大刺刺的全身放鬆，慵懶閒散的熟睡著。

他就不怕她偷襲嗎？

君兒微瞇眼眸，不是沒有思考過要嘗試挑釁靈風的底線，但總當自己走到靈風附近的一定範圍時，明明樹底下熟睡的他沒有甦醒的意思，但她卻覺得很是壓抑，彷彿有某種力量正警告著自己不要靠近！

那並不是領域的力量，但讓君兒感覺到了幾分熟悉，在默默感應後，君兒認出了那是使用「精神力」感應周身一定範圍內的一種用於戒備的運用方式。這點，戰天穹過去曾經指導過她，但她對精神力的使用還不像靈風那麼熟練，可以在熟睡時利用精神力做預警功能。

君兒相信只要她再往前幾步，靈風就會因為她進入警戒範圍而警醒。

她頗是遺憾的看了熟睡的靈風一眼，最後放棄了要擅自打擾他睡眠的想法，繼續忙碌自己的工作，邊享受這個她以前在火星、在皇甫世家時都沒能享受的美好環境。

植栽室透過虛擬生態圈，模擬陽光的變化以及微風，讓草木會隨著風吹得沙沙作響。為了創造出最適合植物生長的環境，這裡還有不少昆蟲與鳥雀穿梭林間，這些昆蟲鳥類絲毫不害怕君兒的靠近，彷彿已然熟悉與人的相處。

偶爾，君兒注意到熟睡的靈風，會因為腦袋上凌亂的髮絲被幾隻鳥雀當成了構築窩巢的材料而被叼啄吵醒，這讓她每每看見總會忍俊不住的笑出聲來。

同時，這也讓她知道，似乎只有心無惡意的存在才能在靈風熟睡時，越過他的精神力警戒線靠近他。

「走開走開！」

靈風又再一次的被吵醒，氣惱的揮手驅趕停滯在自己頭上或臉龐的鳥雀，然後再撓了撓自己一頭亂髮，隨後又翻身繼續睡去。

不過那些鳥兒似乎很喜歡接近靈風，總會在他熟睡以後又偷偷再次靠近。

能夠讓直覺敏銳的動物喜歡的人，一定不會是壞人的。看著這一幕，君兒是這樣堅信的。

這安靜的只有植物和昆蟲的環境，林葉的沙沙聲和蟲子此起彼落的鳴叫，讓人有種身心受到洗滌的安寧感。

君兒很喜歡這樣純淨的氣氛，彷彿心靈都會得到昇華。

只是今天，這樣的安寧卻被闖入的來人破壞了。

紫羽又驚又喜的闖進了靈風的植栽室，急促的奔跑聲驚擾了原本高歌的鳥兒，在引來君兒注意的同時也吵醒了靈風。

「喔，原來是老大的癩皮小貓，我聽腳步聲還以為是巨龍闖進來了呢。」靈風不忘嘲諷紫羽一番，見紫羽一臉不解的模樣，自討沒趣的罵了聲「笨」，挪了挪身子，繼續他偉大的午睡事業。

「君兒，靈風這是什麼意思呀？」紫羽困惑的詢問君兒。見君兒強忍笑意的模樣，紫羽直覺靈風說的絕對不是什麼好話。

果然……

君兒解釋道：「他在笑妳胖呢。」

「什麼？！」體重是女性最在意的點，這點連傻乎乎的紫羽也不例外。「討厭，我要跟卡爾斯哥哥說！」

紫羽在看見靈風擺了個「請便」的手勢以後，氣得小臉都紅了，不過她很快又想到這一次來找君兒的目的，臉上的不滿很快又被喜悅取代了。

「君兒君兒！緋凰……我收到緋凰她們的消息了！」紫羽雀躍的撲進君兒懷裡，開心的跟她分享這個好消息。

瞧紫羽激動的都要哭了，可見她對收到的消息有多驚喜。

「緋凰她們有消息了?!」君兒在驚訝過後也是欣喜萬分，緋凰她們再次傳來消息，就表示她們現在一定也平安了。

「她們現在在哪裡?」君兒繼續詢問。

紫羽有些難過的皺眉，搖搖頭表示不知道。

「緋凰這一次傳來的消息比較長、比較完整，但她對她們的目前情況沒有多提，只是說被一個組織救了……」

聽到這，君兒的眉心緊蹙，直覺感到不對勁。

她們是有考慮過如果在外界生存困難，可以憑藉自己的才能依附組織，但她們擁有皇甫世家的天賦血脈，無論到哪裡都充滿危險。

「她們還好嗎?我是說，那個組織有沒有限制她們的行動，或者是試圖控制她們?」

「緋凰是說，救了她們的也是一位早期從家族逃出的皇甫大小姐呢!只不過緋凰沒有說組織名稱，只是提到是專門探索遠古遺跡的大型組織。」

紫羽在知道緋凰兩人平安以後，雖然徹底放下心口大石，但卻顯得有些侷促不安。她絞著手指頭，喃喃的問道:「君兒，蘭有問我們在哪，她們可以讓組織的人來接應我們……妳覺得我們該怎麼跟她們說呀?要直接說我們人在星盜團裡嗎?蘭知道我已經……的話，她一定會氣炸的。」

「嗯……」君兒沉默了。

這倒是一個好問題。蘭是絕對不可能接受紫羽在跟她分開的這段時間裡，成了星盜老大女人的事實。緋凰一定也會覺得她們是被強迫的。而現在的卡爾斯更不可能放紫羽離開，一個弄不好，會讓雙方變成死敵也不一定。

「先盡量拖延讓她們知道事實的時間好了，妳就說我們被鬼先生的好友接走了，一切等到了新界之後再說。」君兒頭疼的揉著額心，顯然也對此事感到棘手。

紫羽忐忑不安的詢問：「那、那到了新界之後呢？」

「就說妳和我會在新界遊歷兩年，到時候再行聯絡囉……這段時間妳就先隱晦的跟她們提及一些我們的經歷，還有妳跟卡爾斯的事，這樣知道實情後，可能對她們的衝擊比較不會那麼大吧。」

君兒只能嘆息。她輕輕攬住紫羽，神情有些愧疚。

「抱歉，如果不是因為我的話，紫羽現在應該還是自由身吧？明明說好會保護妳的，結果卻將妳推給了卡爾斯……我不知道該怎樣面對把妳交給我的蘭，她知道這件事以後一定會恨我的。」

「君兒沒關係的，至少我現在很開心喔。我想只要我過得幸福，蘭或許在知道以後會很生氣很生氣，但她一定會諒解妳的，至少君兒已經盡力了。卡爾斯哥哥也對我很好，我在這裡過得很愉快，我想沒有哪裡可以像在這裡一樣自由快樂了。」

紫羽羞澀溫柔的笑著，不難看出她眉眼間因為男人介入生命而染上了嬌媚，也為她更添了幾許屬於女人的成熟韻味。

「希望如此……」君兒嘆息道，卻已能想見當蘭知道事實以後的震驚神情。

這時，兩人以為熟睡的靈風忽然冒出了一句話：「既然後悔也無法改變事實，那就坦然面對，別再那鑽牛角尖，與其浪費時間在糾結上，還不如試著讓自己過得更好，向別人證明自己的選擇沒有錯。」

「啊，不過，我想妳們這兩個笨蛋要想通這個道理，可能得重新塞回娘胎再出生一次才有辦法吧。」

聽著靈風的話，紫羽愣是傻了老半天，才後知後覺的知道靈風是在罵她們沒救了。

「你、你這個人怎麼講話那麼壞！」紫羽氣呼呼的指責靈風，卻被君兒動作飛快的制止了她餘下的話語。

「靈風，我和紫羽去談一些事。今天的工作我晚點會補上的！」君兒對著靈風喊了聲，然後趕緊帶紫羽離開，省得紫羽又傻傻的被靈風捉弄得分不清天南地北。

「快去快去，不要在這裡汙染空氣。」

靈風的聲音帶著笑意，聽得君兒忍不住大翻白眼。

她幾乎是咬牙切齒的壓下心中哭笑不得的情緒。對這位有時毒舌，有時又會說出激勵人心話語的靈風，她實在是一個頭兩個大。

難怪卡爾斯老大要她做好心理準備，還說就當作人生磨練。

的確，在靈風這裡開始工作以後，憑她的超強適應力，雖然偶爾還是會被激起怒氣，但更多時候她已經能夠平淡略過靈風語中的嘲諷用詞，聽出他深藏其中的意思了。

「君兒，妳怎麼受得了靈風啊？連卡爾斯都常常被他氣到變臉了，我聽了也好生氣喔。」紫羽皺著小鼻子，原本秀氣可愛的小臉上也浮現難得的怒火。

能夠把一向單純，從不計較太多的紫羽激出火氣，靈風也是空前絕後第一人了。

「我也很受不了他啊，但我知道他很多時候都是在開玩笑而已，雖然那些玩笑會讓人很無奈。而且，這也是靈風用來關心人的一種方式，他其實真的不壞。」

就在君兒說這句話的時候，這些天默默跟在她身邊、位於空間縫隙裡的戰天穹，卻因此皺起了眉。他那張總是冷漠平靜的臉龐上，浮現了某種如同遭遇敵人般，嚴肅且戒備的危險神情。

＊＊＊

在前往冥王星的航道上，一艘純白色的流線型戰艦在以穩定的速度前進著。戰艦上沒有任何組織的標誌，顯然是刻意隱去了能夠辨識身分的痕跡。

從皇甫世家逃離的緋凰與蘭，便在這艘戰艦裡頭。沒了昔日逃難時的狼狽，她們此時皆是換上一套制式的服裝，透過組織提供給她們的光腦系統，瀏覽紫羽架設的私密網站上的留言。

「……蘭妳怎麼看？」

緋凰看著系統上反饋的訊息，那是紫羽後來回傳的消息，卻看得緋凰面露深沉。

紫羽的訊息寫得很簡單，就是她和君兒一切安好，現在在鬼先生好友的保護之下，不久後就會抵達新界，然後也祝她們一切順利，同時不忘提醒她們在組織活動要保持小心。

內容非常的簡單，跟她們的長篇大論一比，紫羽回應的訊息實在簡潔太多，讓緋凰覺得不太對勁。她直覺君兒她們是不是發生什麼事情，又或者是君兒指示紫羽這麼寫的？如果她們被監控，聰明的君兒也一定會刻意透過文字排列傳遞消息給她們知道，然而卻這麼簡短平凡，好像她們兩人只是出遊，和家人回應自己的近況而已。

但在逃難時遭遇不少危險的緋凰相信，君兒兩人身為新娘，一定會遭遇更多的危險和困境，這樣的簡單應對反而讓她覺得太不真實了。

「嗯，感覺紫羽好像成熟一些了。」

蘭沒有想太多，她只是單純的從文字中，感覺到紫羽過往沒有的堅強，神情滿滿都是欣慰輕鬆。以前紫羽的訊息都是充滿了一種惶恐緊張的感覺，可現在一看，卻發現沒了以往的慌張，而是變得冷靜。

她不曉得紫羽她們到底遭遇了什麼，但能讓紫羽有了這番變化，想必一定不會是什麼輕鬆愉快的事件吧。

緋凰推測道：「從文字裡沒有看出消極或絕望的情緒，這表示她們確實平安，只是似乎在隱瞞什麼事情而已。」

但是為什麼沒有回應她們提出的接應請求？是有什麼顧慮嗎？幾番思量後，緋凰決定再留一封訊息給紫羽她們。

蘭推測道：「既然君兒她們目前在鬼先生的朋友那裡，那會不會是要隱瞞鬼先生或那位朋友的事情啊？」

聽到蘭的猜測，緋凰忽然知道她覺得不對勁的地方在哪了！

「鬼先生不是說他不插手我們的逃脫計畫嗎?那麼，又是從哪裡冒出了個『朋友』來幫助君兒她們?」

緋凰神情嚴肅，以她對鬼先生的了解，那個冷酷的男人從來都是說到做到，既然他曾經開口說出不會插手逃脫計畫，那就一定不會從各方面進行干涉和協助，自然不可能去拜託什麼「朋友」來幫忙才對!

還是說，這男人根本就是口是心非，最後還是讓人介入君兒她們的逃跑行動了?

「君兒，妳們真的沒事嗎?」

緋凰也跟那位救了她們兩人的人提到了君兒和紫羽的消息，對方也願意協助尋找紫羽和君兒兩人的下落。然而因為紫羽私密網頁的特殊性，她們根本沒辦法追蹤留言的區域來源，這也導致無法掌握君兒兩人的行蹤。

是否君兒她們現在正身處困境，被迫說出這番話來安慰她們?君兒應當是最了解鬼先生的人了，她又怎麼會不知道鬼先生是不可能會派人來協助她們?

君兒沒想到，自己臨時想出的解釋竟讓緋凰她們誤解了。確實，誰也料想不到星空通緝榜上，排行第三的黑帝斯星盜團領頭老大卡爾斯，竟然會是鬼先生的好友吧?君兒也是過了一段時間才知道的。

更別提，這位星盜並不是戰天穹主動找來，而是紫羽意外引來的。

系統上再次傳來了提示聲，顯示接收到新的訊息，緋凰趕緊點開，急急的瀏覽起來。

「我是君兒，我和紫羽一切平安，目前我們所在的地方不能自由傳遞訊息，所以只能簡短回應。會遇到鬼先生的朋友純粹巧合。我和紫羽商量過了，暫時不打算加入妳們所在的組織，未來的兩年我會帶著她在新界四處遊歷，等一切風波過去以後，我們再相約會合。祝平安。」

蘭在看見這段新的訊息後大吃一驚。

「什麼？君兒要帶紫羽去遊歷！這不行，紫羽那麼單純，君兒一個人照顧不過來的。」她震驚的吶喊出聲，怎樣也不能接受君兒要帶紫羽外出歷練的這件事。她太了解紫羽了，這也是她希望能夠將紫羽接來就近照顧的理由。

可緋凰看到這段明顯是君兒的回應以後，卻徹底安心了。不知怎的，她潛意識對君兒有種莫名的信賴感，雖然君兒還是沒提她們的經歷，但相信應該已經過了那最艱難的時間。至於她要帶紫羽去遊歷的事情，緋凰是抱持著寬容且諒解的態度，紫羽也確實該成長了，看紫羽先前的回應，顯然她跟在君兒身邊心性也更成熟了些，這是一件好事。

「蘭，妳就相信君兒吧，而且紫羽是真的該長大了，她不可能永遠當被妳保護的小妹妹，我們也不能永遠保護著她。」

緋凰勸說著，花了不少工夫才終於安撫了蘭的擔心。

「好難過喔……一想到紫羽可能在歷練時會受傷或遇到危險，我就怎樣也不能安心。但就像緋凰妳說的，我得試著去信賴君兒才對，至少有她照顧紫羽，也比紫羽跟在我們身邊好上太多了。君兒堅強的性格多少也能影響膽小的紫羽吧。」

「是啊，就相信君兒吧。」緋凰微笑，在安心以後，她再回應一篇希望能夠和君兒她們固定保持聯繫的訊息後，便關閉了網頁。

緋凰隨後和蘭一塊翻閱起組織提供給她們的組織介紹資料，那將是她們以後主要的工作與任務所在。儘管這個領域她們並不熟悉，但古遺跡帶來的神秘以及發現的愉悅，讓緋凰對這項新的事物產生好奇與興趣。

而在那一張張記錄著新界古遺跡的照片中，有一張在遺跡上刻印著模糊蝴蝶圖騰的照片不經意的滑了出來，被蘭撿起。

「每次看這張照片都覺得很眼熟，不曉得在哪裡看過。」蘭嘀咕著。看著那唯一一張，似乎是在緊急情況下急忙從遠處拍攝的照片，她因為那模糊的圖騰，不由得面露困惑。

「是跟君兒腹部上的天賦印記很像吧？」緋凰接過那張照片，從那蝴蝶圖騰的部分線條上，認出了熟悉感從何而來。那跟以前她們在君兒身上看過的天賦印記，在線條的弧度及組合上非常相似，卻又更加複雜繁瑣。

若君兒看到這張照片一定會非常震驚，因為那刻印在遺跡上的圖騰，與她腹部上的印記有百分之七十的相似度，而跟額上的蝶翼圖騰，更是完全一模一樣！

「我覺得這很有趣。」緋凰一同抽出了跟這張照片有關連的介紹內容，「這個圖騰的意思是：『星星的魔女』。不過有關這個圖騰還有其他的零散紀錄，數量還很多，似乎上頭對這個圖騰很感興趣。」

她饒有興致的翻閱著資料，忽然覺得君兒挺適合「魔女」這個稱呼。她堅強又充滿智慧的靈動神情，讓緋凰印象深刻。

「搞不好君兒對這種遺跡探索的組織會有興趣也不一定。不過，現在她可能還是記著和鬼先生的兩年約定，所以才不願意與我們一起加入組織吧。」

「真可惜，我還很想和妳、紫羽還有君兒一起工作呢！我們四個人一起可以互相照應，就像以前那樣，紫羽負責情報、我負責整理、緋凰妳負責統籌、君兒則負責細節。我們以前合作的好愉快，現在回想起來，我們今天能逃出來多虧了大家的努力，雖然最後的結果跟我們預想的有偏差，但至少我們終於逃出那個華麗的牢籠了！」

蘭顯得特別開心，一想到自己終於能擺脫家族的限制，她就覺得以前吃的那些苦都值得了。

「我們終於自由了。」

緋凰也揚起一抹燦爛且放鬆的笑容，透過房間的觀景窗看向外界的星空。那因為戰艦的行進而飛掠的星河和星點，就像為未來映照出一條寬敞大道一樣，綻放著美麗且神秘光輝。

不曉得她們的目的地新界，是否真的像傳言中的一樣，是個充滿神秘與美好的奇蹟國度呢？

Chapter 70

異動

新界某處還未有人跡踏足的密林深處，一處被無數藤蔓與高聳巨木掩蓋的所在，縫隙間隱約露出了以白玉砌成的建築痕跡。若從遠方眺望，可以看出此處是一處在叢林中高起的小型丘陵地帶，可這樣異於附近平坦地形的突兀丘陵，放在經驗豐富的古遺跡探索團眼中，無疑彰顯著此處的奇異及可能隱藏的遠古秘密。

然而，這裡卻是新界少數幾個被人類評為極端危險的生命禁區之一。

四周生存的獸類，因為此處濃度極高的星力而紛紛進化成強悍的變異體，尋常人根本無法擅自闖入，而且在此生存的變異野獸全是群居類型的獸類，生活領地遍布丘陵外圍的區域，使探索更加艱困危險。

雖說星界級以上的強者可以隻身闖入其中，並且有一半機率在變異野獸的群攻下平安歸返，但偏偏這裡頭隱藏的遺跡，卻是一座「活著」的遺跡！

為什麼會被稱作還活著的遺跡？

那是因為，這座遺跡早在人類抵達時就存在至今，可直到宇宙曆近五千年的今日，這座遺跡竟像是未曾遭受時間侵蝕一樣，直到今日都還在運作著。

曾經有研究團隊打算利用戰艦高空突近，沒想到竟被遺跡自主防禦浮現的符文激光柱直接轟成了虛無。這才讓人類驚恐的發現，這座遠古遺跡竟然沒有因為時間的流逝而毀損或停擺，曾經一度引起全人類的關注與探索熱潮。

於是人類只能用最原始的方式，以平地探索的形式，用高薪聘請一群強悍的傭兵團進入其中，艱辛萬分的越過獸群密布的區域，好不容易帶出有關這座遺跡外圍的相關紀錄。

幾張被帶出的僅存照片記錄，便是緋凰與蘭所在的組織提供給她們閱覽的圖片，那幾張有著模糊蝴蝶圖騰的照片。

＊＊＊

在陽光的照映，遺跡裸露的部分偶爾會閃過金色的符文光輝，洩漏出一絲絲純度極高的宇宙星力，讓變異野獸貪婪的群聚四周，享受這能夠讓牠們進化的天地之力。

可這天，一抹不應當出現在此處的人影驚擾了這些變異野獸。

在這無人能進入的遺跡區域裡，擁有一頭湛藍短髮的男人輕鬆的在密林中穿行，周身淡藍色的符文閃動，卻不像過去的探險隊一樣惹來野獸的攻擊和敵意，相反的，野獸們感覺到了這個人型生物身上的淡淡威壓，那是牠們無法抵抗的可怕壓抑感，讓阻擋那人行徑路線上的變異野獸像是遇見天敵似的，瞬間奔逃個沒影。

男人有著一張妖異的俊美臉龐，那雙鑲在臉上的眼，是燦爛罕見的金色。他看待變異野獸的神情只有平靜，就彷彿那些常人畏懼至極的存在，對他而言不過只是小貓小狗的無害存在罷了。

這位在世界禁區彷彿當成自家後院般輕鬆前行的男人，便是世人崇敬的守護神之一，「陣神滄瀾」羅剎。或許沒有人料想到，這裡是他暗自守護的地方吧。

羅剎仰望那被藤蔓爬滿的遺跡，神情浮現一抹慎重。

「千年守候的時間終於就要到來了，辰星就要回來了，只是兩大異族似乎在密謀什麼，開始騷動了起來，不知他們是否也推算出了辰星歸來的時間？不過，想要阻止魔女的成長是不可能的。」羅剎喃喃自語，面露嘲笑的輕輕搖首。

「是要執行毀滅或是成為奇蹟，沒有任何人能主導她的選擇權。從過去就是如此了，沒有人能代替她做出選擇……唉。」

隨後他一聲輕嘆，腳步緩慢的走向被隱藏在藤蔓與巨木糾結縫隙中，一面潔白如玉的遺跡牆面前。這面牆光潔得突兀，和四周被青苔與潮濕的水漬覆蓋的環境形成極端的對比反差。

羅剎一個抬手，掌心按上了那面白玉牆上。金色的符文閃過，與之輝映的是羅剎身上的淡藍光輝，接著牆面忽然無聲的敞開一道足以容納一人通過的縫隙，露出裡頭深不見底的黑暗長廊，彷彿沉睡的凶獸張開了嘴，就要吞噬一切。

「相信這會是我最後一次維持虛空屏障的能量運作了，只要等父親大人醒來，我就可以鬆一口氣了。」羅剎臉上浮現了一絲喜悅又緬懷的情緒。提起父親，他眼裡罕有的露出崇拜和孺慕的光彩，只是隨後他又像想起了什麼似的，臉色逐漸轉為無奈。

「希望霸鬼能夠趕在父親大人醒來之前和噬魂完全融合，要不然被父親大人知道噬魂找到靈魂本體卻還沒能夠合一的話，父親大人一定會將主意打到霸鬼身上的。擁有和『魔女』相對等的靈魂與力量的他，究竟能不能協助轉世的辰星順利覺醒呢？」

隨著他一步步走進牆面的縫隙，聲音也因為閉合的縫隙而逐漸隱去，讓他最後的話語就此截斷。當白玉牆恢復本來的樣貌，一切又回復往常。

＊＊＊

星系外．碎石帶

夾雜著憤怒的龍吼聲響起，很快的，巨龍龐大的身影便出現在一群正在星系外的碎石帶礦區開鑿星力源礦的探索隊上方，搧動的巨翼掀起無數飛砂，驚得探索隊的人紛紛丟下了手邊貴重的探勘機器，往戰艦所在處拔足狂奔。

「該死，怎麼又遇上龍了？快求援、快求援啊！」

「這已經是這個月第六次了，這群龍是怎樣？盯上我們了嗎？！」人們驚恐又憤慨的咒罵著，不解為何最近一個月以來，他們經常受到龍族襲擊，據說不只這裡，其他區域也遭受到龍族攻擊。頻率之高，讓人有種錯覺，彷彿戰爭就要開始了一樣。

「快！逃進虛空屏障就安全了！」

在奔逃時，不少同伴被駕駛著開採飛艇的成員順勢救援。可還是有不少躲不過巨龍烈焰龍息的噴吐而化為飛灰。哀號與慘叫響徹雲霄，直讓人心生恐懼。

就在宇宙中的碎石帶最接近星系的所在之處，有著一層上下不見邊界，流動著淡淡七彩光輝的光膜，那是在人類抵達新界時就存在了的一層守護整個星系的虛空遮罩。

那猶如泡泡般的彩虹光膜擁有阻隔外星系異族入侵的功能，可人類卻又能自由出入。科學家研究了幾千年也找不出這層屏障為何存在的原因。人們唯一知道的是，這難以解答其存在的神秘光膜，是人類一次次在危機中存活下來的重要關鍵！

此時，第一個載滿逃難人員的飛艇衝進光膜內部，往等在光膜內部的戰艦逃去。

遠方，接到求助訊號的救援急急趕來，其中最快的是一道豔紅色急馳的電光。還未等赤雷穿過光膜，遠遠就聽見來人迴盪在宇宙間、猖狂豪放的大笑聲。

「哪來的小龍崽子自己上門送素材了?龍大爺我可是等著磨刀練手呢！」

赤雷在虛空中忽然一陣扭曲，卻在瞬息後出現在光膜之外，絲毫不畏懼的憑空站立在那頭屠殺了不知多少人類的巨龍眼前。

男人有著一頭赤色的俐落短髮，粗獷豪邁的臉龐上此時嘴邊正掛著一抹囂張冷酷的微笑。與髮同色的赤眸寫滿戰意，瞳眸中倒映著巨龍的身影，眼裡只有看待死物的冷漠。

看見來人的樣貌，巨龍眼瞳一縮，又隨後注意到了男人扛在肩上的五尺大刀，登時發出悲憤的咆哮聲來。大刀上透露出那撼動他靈魂的壓迫感，那熟悉的恢宏氣息——竟然是以他們神靈的斷角鍛成武器！

「吼——！」因為王者最尊貴的龍角被低賤人類製成武器的憤慨，年輕的巨龍忘了族人言猶在耳的警告，只想將眼前的赤髮男人徹底撕碎，以報那深刻的屈辱！

他伸展自己的巨翼，那長達三百米寬的龍翼一展，對比眼前的人類，彷彿就是螻蟻遭遇大象一樣，巨大的反差讓年輕巨龍心裡攀升了無限的驕傲與力量感。

但下一刻，他便學到了首戰的第一個教訓：體型並不等同於實力。

「呿，一頭年輕的小龍就想跟我龍爺比?拿武器浪費，看老子怎樣空手把你活活扁成龍

乾！」感覺到巨龍正在炫耀力量的男人輕嗤了聲，肩上扛著的銀亮大刀在瞬間化為點點紅芒沒入體內，擺出了空拳搏擊的動作，同時還不忘比出挑釁的手勢，激得巨龍差點就要失去理智。

「唉，我多想來隻能替我磨刀的龍啊，怎麼來的都是這種小樣的？沒勁。」男人面露鄙夷。看著眼前巨龍開始深呼吸，腹部因為吸飽了空氣而脹得老大，他這才咧嘴一笑，身影瞬間消失在虛空中！

巨龍因為目標物的消失而停滯了正欲噴吐龍息的動作，在下一瞬卻感覺到撐滿空氣的腹部傳來劇烈的墜痛感，逼得他張口嚎叫，連帶龍息也吐得七零八落。

遠遠看，巨龍此時噴出的龍息就像煙花一樣，朵朵龍焰沒個目標的四處飛散，在星空中炸起了片片絢爛的火光。

那些終於逃回戰艦上的人們透過觀景窗看見遠方的戰況，不約而同的鬆了口氣，然後爆出歡呼。有人認出了那正與巨龍對戰的男人身分，驚喜萬分的高喊出聲。

「是『戰神龍帝』！是戰族的龍大人！」

「太好了，沒想到這一次來救我們的竟然是龍帝大人。」

人們感慨萬分，對那位正在遠方輕鬆迎戰的男人抱持著極大的信任。

「沒想到守護神之一的『戰神龍帝』就離我們那麼近，真是榮幸。」

「上一次我還聽另一個探險隊的朋友說，他們也遇上『海神』呢，最近鎮守龍族疆界的三位守護神出現頻率挺高的，不曉得這跟龍族的襲擊增多有什麼關聯？」

一位較為冷靜的探險隊員說出了自己的判斷，語氣不由得帶上了一絲恐慌：「該不會是虛空屏障就要進入虛弱期了吧？」

他旁邊的同伴大笑了聲，用力的拍擊著他的肩頭安慰道：「兄弟，你想太多了！每隔四百年才一次的虛空屏障虛弱期才過了一百多年而已，還要幾百年時間才會再進入新一輪的虛弱期呢，不用擔心！別忘了我們的守護神從來都是戰無不勝，那些巨龍沒什麼好怕的啦！」

「哈哈，也是……」

年輕巨龍忽然發現，自己引以為傲的體型和吐息，在眼前這跟其他螻蟻一樣渺小的人類面前，絲毫沒有過去的強勢與攻擊力。

那人就跟普通人類一樣的瘦小，小到就像沙粒一樣，然而那人的攻擊力卻強到他不敢也不能忽視！

對方沒有使用人類最引以為傲的「武器」，而是像他們一樣，赤手空拳的和他戰鬥，這對一頭驕傲的巨龍而言簡直是赤裸裸的鄙視。人類不都是得依靠武器才能與他們戰鬥的？人類不應當

是是弱小脆弱的存在嗎?這是怎麼回事?!

巨龍怒吼著，生平第一次在螻蟻身上感覺到了恐懼，他懊惱自己因為才剛突破位階就急著想要出來建功。巨翼搧動，就想遠離那名人類，然而在下一刻，他只看見一道赤雷轉瞬即至，銳光直刺向他的翼翅，一瞬之間，他引以為傲的巨翼根處便傳來撕裂般的疼。

「想逃?我還沒玩夠呢!」男人冷酷的笑著。

憑著那足以與巨龍媲美的強大實力，男人徒手折裂那能將結實戰艦撞毀成宇宙廢鐵的龍翼!觀戰的人們喧鬧不已，當他們看著那名赤髮的男子與比他大了百來倍的巨龍對戰，儘管遠遠看去，男人與巨龍一比顯得渺小，但他的氣勢足比天高，激烈的戰鬥讓人感覺熱血沸騰。

當巨龍淡金色的血液飛濺，映襯著男人臉上冷酷的神情，讓人在心情激昂的同時，卻又感到一絲發自內心的畏懼;因為人類能比龍族強悍而激動，卻也因為人能比龍可怕而畏懼。

「那就是……我們人類的守護神嗎?」一位容貌年輕的探索隊隊員全身顫抖，不可置信的看著那一面倒的戰局，有些結巴著問著。

「年輕人嚇到了吧!那倒也是，這位龍帝大人的戰鬥一向粗魯暴力，但也最能讓人感覺爽快，可以的話，我也想狠狠的揍那些該死的巨龍一頓，以報我友人身死之仇!」身旁年長的同伴憤慨開口，握拳憑空揮舞，想像是自己的拳頭打在巨龍身上。

不只他一人，身旁很多因為巨龍而失去同伴兄弟或朋友的隊員，臉上都同樣寫滿仇恨。

隨著巨龍的悲鳴漸弱，男人最後抬腿一個橫掃，將巨龍龐大的身軀重重的踢向虛空屏障上，接著手中開始紅芒凝聚，組合成了原先他扛在肩頭上的那柄銀亮大刀。

巨龍再見那柄以他們的神靈在千年前一戰折殞的角製成的武器，龍目一瞪，就想拚盡全力張口噴吐龍息，然而只見眼前紅芒閃過，頸間一痛，他忽然記起了族人在他獨自離開族群前的警告……

『一旦遇上擁有赤紅髮色的人類，尤其是一個拿著大刀、一個手持戰斧的，逃！死命的逃！絕對不可正面對戰！』

當時，他不懂以他們族群的強悍，為何要懼怕人類？現在他懂了，卻也沒機會反悔了。

巨龍的瞳孔逐漸失去光彩，身軀虛軟，最後靜靜的飄浮在無重力的空間之中。

看著巨龍殞落，人類再一次的爆起歡呼聲。

男人甩去刀刃上的金色血漬，可以感覺到這柄伴隨著他千年之久的刀刃傳出了絕望的悲鳴感覺。

也是，畢竟這是以龍族的神靈之角鍛造而成的武器，用來屠戮同族，哪怕只是一只龍角，也是會覺得悲傷的。

他愛惜的撫摸刀身，安撫愛刀的難受，很快的，那因為千年磨合而心思相連的大刀，逐漸平復了原先躁動的情緒。男人觸摸著大刀，忽然懷念起替他鍛造這柄武器的養父。

只是這時，他貼身收藏的通訊卡片再度傳來緊急求助的訊號，讓他收起懷念的思緒，再度趕往下一個遭到巨龍襲擊的所在前去救援。

「最近這些巨龍到底吃錯什麼藥？！該死……」他咒罵著，臉上閃過一絲隱晦的不安。

Chapter 71

談話

「龍大人，滄瀾大人找您。」

當戰龍回到自族所屬的戰艦以後，馬上就接到族人轉達的消息。

他劍眉一皺，面露抗拒，開口就是拒絕：「跟他說我還沒忙完，一個月……不，半年以後我再回他聯繫。」

嘖，八成又是要他回學院任職的事情，比起無聊的批改公文，他寧願身處戰場打打殺殺。

族人了然一笑，自然知道這位大人心裡在想些什麼，不過他隨後又補上一句話，馬上讓戰龍一改原先抗拒的態度，浮現了驚喜莫名的表情。

「據說，有鬼大人的消息了……」

話還沒說完，男人魁梧的身形瞬間透過空間轉移至他的私人房間，動作飛快的聯繫起某人，絲毫沒有過去總要三催四請才願意接通羅剎傳訊時的抗拒。

「嗯哼。」

當通訊接通，並投射出藍髮男子坐於桌前的畫面時，藍髮男子一個冷哼，皮笑肉不笑的彎起一抹笑容。而看著這一幕，接通通訊的戰龍忽然一陣心虛，一臉侷促的就想轉身逃跑。

「怎麼？一聽到有你養父的消息就不逃了？」藍髮男子出言調侃，看著那始終迴避他眼神的魁梧大漢，笑容森冷的可以。

「欸，我很忙的，羅剎你有什麼消息就趕緊說吧，我等等還要出戰呢。」戰龍撓著後腦勺，乾笑出聲，實在有些難以面對眼前這一臉妖異的男人。這輩子他就只怕兩個人，一個是他養父，一個是這位從他小時候就一路捉弄他到長大的養父老友。

「有三個消息，一個好消息，兩個壞消息，你想先聽哪個？」羅剎淡淡的開口，看著戰龍的目光越發詭異了起來。

「那先聽壞消息好了，好消息總要留在最後面。」

羅剎輕咳了聲，原本森冷的神情變得嚴肅，「第一個壞消息：近期龍族可能會有破壞虛空屏障的大動作，轉達其他守護神要多加防範戒備。」

聽到這個消息，戰龍劍眉緊鎖，立即聯想到了龍族最近一反常態的猛攻行徑。他神情慎重的詢問：「這和龍族最近的異動有關嗎？」

身為守護在最前線的守護神之一，他不是沒有察覺到最近龍族的異狀，原先龍族不常出沒的區域，現在也經常受到騷擾襲擊，雖然獨行龍族居多，但也一反常態的出現了大量集體行動的龍族，這太反常了。

「據說精靈族那邊也發生了不少衝突，這兩個族群到底在搞什麼？」戰龍心生不祥，長年在戰場上鍛鍊出來的敏銳直覺，告訴他這兩族一定在計畫什麼不好的事情。然而，距離虛空屏障虛

弱的時間還有兩百多年，這兩族在騷動個什麼勁？

羅剎忽然面露疲憊，重重的嘆息了聲。這時戰龍才注意到羅剎的臉色蒼白的可怕，一臉難掩的勞累感，顯示他似乎因為某事而耗盡了氣力，讓戰龍忍不住出言關心。

「羅剎，你還好吧？」

羅剎抬手推揉額心，他因為先前進入遺跡進行固定維修虛空屏障能量系統，而耗了不少力量，讓他難得顯露疲倦。只是這些話他是不可能說出口的，這個世界沒有人知道虛空屏障的由來，唯獨只有他知道虛空屏障是為何而來，以及如何運作。

羅剎冷靜的說著謊言：「沒什麼，只是推算宇宙命運的規律而遭到反噬罷了。」這是老藉口了，不過屢試不爽。

果然，戰龍在聽見以後也面露恍然。

「總之，一個重要的關鍵時候到了，所以兩大異族不安了而已。你只需要將這個消息轉達給其他守護神知道，彼此互相注意一下龍族那邊的情況，如果有龍王級的角色出現，一定要趕緊聯繫其他位守護神一同征討龍王。」

「沒問題！不過，什麼『重要關鍵』？」這玄妙的字詞引來戰龍的注意，然而羅剎卻沒打算多加解釋。

「而第二個壞消息跟好消息有關……」

羅剎接下來的話語打斷了戰龍意欲繼續追問的想法，他不自覺的緊張起來，深怕聽到什麼糟糕的消息。

「我的公文欠了七年份沒批完，所以你得趕快回來幫我。」羅剎用一種彷彿明天就是世界末日的神情看著戰龍，面色死灰。

「……我不要！」戰龍立刻表示拒絕。他還以為是什麼壞消息呢，這分明是要騙他回奇蹟星當辦公一族的藉口，他才不會那麼傻！

羅剎在此時陰森森的笑了起來，配合他那一張妖異俊美的臉龐，不知為何讓戰龍忽然背脊發麻，差點就想切斷聯繫。

「別忘了，你最最最親愛的養父，可是在出發去尋找擁有『星星之眼』的存在之前就說了，要你好好督促我辦公喔。而且戰天穹就要回來新界了……」

「什麼！爹要回來了？」戰龍激動的一拍身前長桌，因為這消息而驚得跳了起來，滿心歡喜，原本因為第一個壞消息而凝重的神情被喜悅取代，這個好消息讓他驚喜莫名。

「你確定？！」

羅剎嘴角一撇，繼續把話說了下去：「……是啊，你爹真的要回來了，但依他的個性，要是

讓他知道他交代你的事情沒有履行，你覺得他會不會暴走把你扁一頓呢？」他笑得可燦爛了，一臉小人得志般的神情。

戰龍臉色一變再變，從喜悅逐漸轉為鐵青、愕然。

他猛然想起養父從小對他的教養模式，完全可以想像羅剎因為沒有他的監督而拖延了那麼多分量的工作，養父回來之後會是怎樣的一個表情，跟他即將遭遇的可怕下場……

光是想到那畫面，就讓這位魁梧大漢冷不防的身子顫了一顫，額上冷汗直流，顯然那並不是什麼讓人感覺愉快的回想。

「爹什麼時候回來？加上我的話，能不能在他回來之前幫你把公文批完？」他乾巴巴的問著，只覺喉間一陣乾澀。同時面色驚恐的開始胡亂收拾起行李，準備用最快的速度趕回奇蹟星去幫忙羅剎收拾善後。

羅剎笑得也很是苦澀，他抿唇，說出了一個概略數字：「大約，再兩、三個月吧？」

「兩、三個月要趕完七年份的公文！羅剎你不是還有雪薇監督你嗎？光憑我們兩個人怎麼可能在短時間內趕完積欠許久的公文？就算給我們半年時間也不可能好不好！」

戰龍一想到那可以堆滿羅剎寬敞辦公室的白紙黑字，只覺太陽穴一抽一抽的，忽然覺得巨龍都沒那些公文可怕。要他面對那些紙張，他寧願上場殺敵。

羅剎擺了一個聳肩的姿勢，聊表自己的無奈。

看著羅剎的動作，戰龍也只能長長的嘆息了聲，怨嘆自己當時怎麼沒能好好監督羅剎？現在他累積下來的麻煩還要兩人一起扛，光是想到就頭皮發麻。

「我知道了，我會盡快趕回去的。」他糾結著一張粗獷臉龐，很是委屈的說出讓羅剎終於鬆了一口氣的結論。

當羅剎繼續埋首審閱公文，切斷了聯繫以後，戰龍邊收拾著行李，邊不捨的透過戰艦的觀景窗看向外頭的星空。

只是每當戰龍一想到在十幾年前便前往原界的那抹身影，心裡忍不住又激動了起來。

他不自覺的揚起一抹靦腆的笑容，就想讓那位從小拉拔他到如今地位的養父看看他的成長。

「爹終於要回來了。」他傻呵呵的再一次重複說這句話，那微揚的嘴角與瞇起的眼眸再再言述他的快樂。

下一瞬，他隨意將行囊扛上了背，抬手撕開空間，踏上了歸途的旅程。

＊＊＊

「……你有什麼事直接說就好了，不要這樣一直盯著我，我會沒辦法專心工作的。」

靈風輕嘆了聲，終於放棄了手邊融合失敗了無數次的藥劑，對那隱藏在空間裂縫裡的男人無奈說道。那帶著濃濃敵意和探視的刺人目光讓他沒辦法專心工作，有好幾次，他都以為自己就要被殺了似的，害他緊繃著精神，準備隨時可以躲開致命一擊。

君兒不過才跟著紫羽離開，怎麼他馬上就被盯上了？

隨著靈風轉過身子，靠在工作檯上面向某個方向，那裡也突兀的憑空傳出一聲冷酷的輕哼。

靈風撓了撓自己的一頭亂髮，怎樣也猜想不到自己到底哪裡惹上這位仁兄。他這幾天對君兒一直都保持不冷不熱的態度，還用惡毒的言詞讓她不至於跟自己親近，現在這位大人究竟又為什麼發火了？

對方的沉默讓靈風感覺不安，他一手抱胸，一手捲弄著自己的凌亂髮絲，緊抿的薄唇洩漏了他的緊張。

「你……」空間裡傳出了戰天穹的聲音，他似乎顧慮著什麼，又頓了頓，最後才冷硬的說出了警告：「離君兒遠一點。」

戰天穹對自己竟然破天荒的警告他人而感覺尷尬，好在他此時的僵硬神情對方看不到。

靈風驚愕的「欸」了一聲，不敢相信戰天穹竟然這麼直白的警告他不要接近君兒。他以為這個男人就像卡爾斯說的那樣，沉穩冷酷，應當不至於做出這麼不理智的警告才是，頂多會是迂迴內斂的提醒。

他察覺到了戰天穹某種說不清晰的變化，因此他顯得很是小心，深怕激怒這位不知道自己已經開始被心魔入侵心靈的男人。

「鬼大人你請放心，我對那個笨蛋沒有任何意圖和想法，在我眼裡她不過還是個沒斷奶的女娃，我對女性的狩獵範圍可不包括未成年的黃毛丫頭喔。」

靈風邊說，還抬手做出投降的姿勢，只是那話語卻讓隱藏在空間縫隙中的戰天穹尷尬的嗆咳出聲。

這傢伙絕對是在藉機諷刺他！只是戰天穹隨後也感覺到不對勁，自己怎麼會突然這麼衝動的跑來跟靈風說這些話？現在他心裡因為君兒無意間表露對靈風的好感，浮現的心情酸澀得可以，那深沉的讓人感覺壓抑的心情究竟是……

戰天穹忽然一陣凜然，在冷靜之後才猛然驚覺，那並不是屬於他的情緒！

沒想到他一個沒注意，噬魂就利用他對靈風的敵意而趁機影響了他，讓他做出以往未曾有過的不理智行徑，什麼時候他的心充滿那麼多的破綻，讓噬魂趁虛而入了？

但話已出口，更別提那全然是他的真心話，自然不可能再辯解或是要靈風忘掉，他索性在隨

後保持沉默，慎重的思索這一次與自己性格大相逕庭的行徑。

『那不就是你心裡真正的想法嗎？表達出來又有什麼錯。』噬魂帶著嘲諷的森冷聲音自心底響起。

戰天穹的臉色因為這突然浮現心海的一句話而逐漸陰沉了起來，他立刻匆忙的離開，準備要再一次將內心深處那蠢蠢欲動的心魔徹底壓制，省得自己一個不察，就被心裡瞬間升起的負面情緒操控了。

而在感覺那屬於戰天穹的壓迫感離開以後，靈風沉沉的呼出一口悶氣，下意識的又摸了摸耳上遮掩真面目的耳扣。

「光暗面開始因為君兒的出現而逐漸統合了嗎？」他喃喃說出自己的猜測，隨後一撇薄唇，露出一抹嘲弄的笑。

「一個不能接受自己黑暗面的人，靈魂是不可能成為完整的，這男人還是不懂嗎？難怪羅剎會說他是笨蛋，跟君兒那個笨蛋剛好配上一對，嘖嘖。」

知曉一切事實的靈風淡漠的笑著，卻不像卡爾斯那樣會替戰天穹擔憂，他反而是用一種幸災樂禍的心情去看待事情的發展。

「如果這頭惡鬼能成為完全體，我或許也不用履行我的使命了……」想著想著，靈風忽然埋怨起戰天穹，如果他可以接受身為黑暗面的噬魂，讓「星星魔女」擁有完整的對等靈魂守護，他和哥哥應當就可以從保護魔女的命運中解放了吧？

根據羅剎過去跟他講述與戰天穹有關的訊息，靈風自然也知曉戰天穹此時的情況。而就在他思考時，少女略帶驚訝的呼喚聲拉回了他的思緒。

君兒在解決了和緋凰的聯繫以後，回到了植栽室。只是她才剛回來，就看到靈風正失神的調配草藥，卻是將先前自己無比珍重對待的草藥粗暴對待，讓她驚呼出聲。

「靈風！早上你不是才說這種草藥要花很長的時間、要很慎重細心的呵護才能培養成功，而且一定要保持完好無缺的狀態進行藥劑調配，才可以發揮出最好的藥效。那時我不過就是弄斷了它一枝莖葉，就被你罵到快臭頭了，怎麼現在你卻……？」這麼粗暴的對待它？

君兒愣然的看著，那顯然是因為靈風一時閃神而被錯誤對待的草藥。

她忍不住心想，究竟是什麼事能讓一向專注工作的靈風想得那麼出神？

君兒忍不住有些好奇。

靈風在回神以後，因為君兒的提醒看向自己手上的工具，裡頭是被他誤搗成草藥糊的黏糊狀液體，讓他哀號出聲。

「不！天啊！我怎麼……我怎麼會想事情想到弄錯調配方式了！這可是我偷偷從族裡帶出來

的植物呢。」靈風欲哭無淚的看著手邊那被他糟蹋的珍貴草藥，心裡可說是悔恨交加。而當他看向面露同情的君兒時，心裡不知為何忽然一肚子氣，便咬牙切齒的將那碗草藥渣遞到了君兒眼前。

「都是妳害的，給我把這失敗作品全喝下去！」他找不到當事人發火，自然就找上了讓戰天穹吃味的主因——眼前這一臉無辜的少女。

「我又怎麼了？！」君兒一愣，看著那碗稠稠黏黏不知效果如何的失敗品就想抗議，可是一想到自己在一開始時就答應過要當靈風的人體實驗品，反正自己有百毒不侵之身，哪怕這碗是毒藥，相信她喝下去也會沒事的。

儘管內心因為靈風這毫無理由的遷怒而有所不滿，但她還是很冷靜的將那碗詭異的藥汁喝了下去……然而，她以為會難喝至極的噁心黏稠液體在進入口腔以後，卻莫名的散發著讓人通體順暢的清爽感，好喝的讓她難以置信。

「很好喝對不對？」靈風代替君兒說出了答案，卻笑得可猙獰了。

他氣惱的兩手掐上少女粉嫩的頰畔，惹來君兒不滿的驚呼聲。

「那可是我從族裡帶出來極為罕見稀少、人類世界根本沒有的唯一一株珍奇草藥啊！種子難栽種就算了，要養活也要花上一番心力！都是妳害的嗚嗚嗚！早說紅顏禍水嘛，沒事就惹來一身腥，氣死我了！」

「我到底做錯什麼事了?」君兒真的是萬般不解，而看著靈風這樣悲憤的神情，她雖然生氣卻又有種莫名的同情感?

「妳還說?還不是妳那位要人命的黑暗守護神害的!」靈風氣極敗壞的將眾人閉口不談的秘密說了出來，爾後他雖然慢半拍的發現自己因為一時快嘴違背了卡爾斯的禁口令，卻是一臉不顧後果的繼續把話說了下去:「妳這笨蛋一定什麼都不知道吧?那個人一直都在關注妳的成長，默默的在妳身後保護……」

君兒一臉平靜的打斷了靈風的話語，「我知道。」她說，眼神燦亮。

少女在隨後露出了溫柔的神情。「我知道鬼先生一直都在我身邊。」

君兒無比肯定的說著，眉眼間有著被這樣默默守候而顯露的幸福。

靈風因此吞下了還沒能說出的其他話語，不知為何心情有些頹然沉重，他忽然覺得很累。不僅僅是因為先前戰天穹帶來的緊繃感，還有因為一種無法言述，心裡頭空蕩蕩的感覺。

「妳去找老大吧，現在妳那位守護者有事暫時離開妳身邊，妳可以趁這個機會問老大關於他的事情。還有，剛剛那個草藥沒有副作用，雖然被我用錯調配方法，但還是有能夠淬鍊體魄和清明思緒的功用。今天我想休息，就大發慈悲放妳一天假吧!」

靈風將君兒驅趕出了植栽室。君兒一時無法理解靈風為何突來了怒氣以及隨後又轉為消極，不過她謹記著靈風的話語——現在正是跟老大打聽鬼先生消息的大好時機！

「靈風謝謝！」君兒揚笑，豁達的放下先前靈風對她發脾氣的不滿，動作輕快的消失在迴廊的一端。

隨著少女離開以後，靈風疲倦的走到植栽室深處的大樹底下，面露茫然。

「我是怎麼了，這種感覺……我是在羨慕那個能得到魔女愛情的男人嗎？這可悲的命運。」

他抬起右手，看著上頭象徵契約的半翼圖騰，笑得滄桑。

「靜刃，我開始懂為什麼你會想要逃開一切的理由了，被剝奪了『愛』這個權利的我們，從誕生一直到死亡，心都會因為契約而牽掛在那人身上。我不想這樣……那好痛苦。」

重重一拳捶在樹幹上，晃動的樹木震落了不少樹葉，落在靈風身上，讓他顯得無比狼狽。

「我一定不要因為契約而去愛上魔女，我的命運，我要自己來選擇！」靈風堅定異常的低聲說著，帶著一絲對命運的怨嘆與某種叛逆的想法，他決定要用自己的方式，去改變那已經注定的「命運」！

Chapter 72

被遺忘的第六位

卡爾斯看著眼前一臉嚴肅的少女。

他審視的目光看得君兒心裡有些忐忑，但她還是鼓起勇氣，再一次的說出自己的請求。

「老大，請告訴我鬼先生的事。你之前有提過要跟我談那個人的事情的。」

君兒攏放身側的拳心因為緊張而有些汗濕，她想要更了解那個人，知道他更多的事。她不希望自己只是透過傳言去了解那個男人。

原界對戰天穹的描述雖然不多，但也提及他是一位實力強大卻暴虐無道的惡鬼。人們只要提及他，大多存有厭惡和排斥的情緒。

君兒永遠記得，她的爺爺在跟她講述關於這位強者的故事時，臉上濃濃的否認與冷淡，就彷彿不是很認同這樣的傳言一樣，甚至很多時候，一向脾氣溫潤的爺爺還會因為別人對那人的惡意語詞而發起脾氣來。

但爺爺從來沒有告訴她真相，只告訴她世事非絕對，然後總會流露出難受的神情，伴隨著一聲長長的無奈嘆息。

她從來都不了解爺爺為什麼對傳說中的「惡鬼」這樣哀傷感嘆，直到她在皇甫世家認識了鬼先生。原來原界惡鬼傳言中的當事人，便是戰族的其中一員。爺爺一定無比清楚事實究竟為何，所以才會對這樣的謠言感覺憤慨。但是僅僅靠爺爺一個人的力量，還是沒辦法推翻在千萬人中傳遞的流言蜚語。

鬼先生到底做了什麼事，為何會惹得世人如此畏懼？她想要更進一步的了解。

在這一年多的相處之中，她知道鬼先生雖然冷酷嚴肅，卻還遠遠不到世人傳言的那樣殘酷暴虐。

君兒不相信那樣冷靜沉穩的戰天穹會是這樣的一個人。若不是因為戰天穹曾經在她面前展露過鐵灰紅印的樣貌，她一定無法將傳言的他跟現實的他聯繫到一塊。

而在鬼先生替自己開啟精神力以後，她幾次無意間觸碰到了他的內心碎片，那沉重的壓抑，渴望被了解的盼望，在在說明了哪怕他再強悍、威名再令人恐懼，不過也只是個需要被人接受的單純男人而已。

卡爾斯坐在自己的辦公椅上，一腳蹺起，一手撐在椅背上，似乎在思量什麼。他在感應戰天穹的所在，直到確認了他此時並沒有隱藏在君兒四周，這才淡淡的問了君兒一句話：「有時候不知道真相會比較幸福，因為知道真相以後，可能很多事情都回不去了。這樣妳也打算聽嗎？」

他看著君兒的眼神冷酷且危險，同時充滿防備。

他知道君兒很堅強，卻不代表她有那個能力能夠承受真正的事實。有時候真實總是無比殘酷，他雖然也知道跟君兒談論戰天穹的真實身分勢在必行，卻也因為她那未知的結論和想法而感

覺緊張。

他換了個姿勢，雙手交握，手肘撐在辦公桌上頭，相互輕點的兩隻拇指正透露他的猶豫。

卡爾斯不知道君兒在知道真相以後會有什麼想法，若是他們最不願意見到的狀況，那戰天穹想必會非常的痛苦。畢竟眼前的少女，可說是這個世界唯一能夠與他親暱相處與互動，而不用擔心會被他的詛咒腐蝕心智的存在。

那就像一個在黑夜中盼望燈火照耀的人，在苦苦尋覓之後，卻發現那光明將自己引入了地獄一樣，讓人絕望。

猶豫了片刻，卡爾斯終於下定了決心，這一次無論如何都要讓君兒明白戰天穹所背負的一切，至於結果如何，就全看君兒怎麼想吧。

「……妳知道目前世界有幾位守護神嗎？」

「五位。號稱現今最強的符文天才『陣神滄瀾』、專修水元素的怪才『海神波賽特』、擁有最頂尖防禦能力的『盾神泰坦』、戰力最強的『戰神龍帝』、世界最美也是最強的女人『魅神妲己』。」君兒口若懸河的將自己自幼聽聞的守護神記事如實說出，這從古至今，分別在不同時期誕生的五位守護神，一直都是被所有人類牢牢記著、崇拜著的對象。

卡爾斯譏諷一笑，又問：「那妳知道誰才是人類歷史上第一位守護神嗎？」

君兒猶豫了一會，有些不肯定的回答：「成名最早的『陣神滄瀾』？」

「不，是『凶神霸鬼』，那位不被人類承認的第六位守護神。」

卡爾斯果決的否定了君兒的猜測。而他語中的某個稱呼，卻讓君兒的臉色變得愕然。

同樣都有「鬼」一字，又剛好是她提問鬼先生的事情時被提出，君兒不由得有了幾番聯想。

……卡爾斯口中，擁有「凶神霸鬼」這樣稱號的第六位守護神，是不是就是那一直在她身邊默默守護的鬼先生？如果真的是這樣，那麼為何鬼先生會被排除在守護神名單之外？

「這是為什麼？」君兒苦澀回問，不解為何戰天穹被排除在被人崇敬的守護神名單之外。

知曉一切的卡爾斯，看著君兒臉上的不解和為戰天穹浮現的難受，他眼神變得朦朧，似乎回想起他最初知道真相時與君兒同樣的心情。

「我一開始也很震驚，不過這是他本人告訴我並且承認的。妳也知道他的性格，他從來不說謊的。」卡爾斯沒有向君兒承認「他」是誰，卻是在言語間肯定了戰天穹的身分。

「傳說他暴力嗜殺、殘虐無道，這妳相信嗎？」他反問君兒，神情嚴肅的看著她，不打算漏掉任何她的表情變化。

君兒臉上的兩道柳眉緊緊蹙起，神情已然給出了答案。

「……我相信這不是鬼先生的本質。但我也知道，從別人的角度來看，鬼先生那沉默寡言的

個性，以及充滿威壓的氣場，或許就是這樣的人也說不一定。可我知道這樣的他，內心也還是有脆弱的一處。」

想起原界關乎戰天穹的傳聞，君兒的心微微抽疼著。心疼他曾經歷過的一切。

卡爾斯對君兒的回答感到訝異，他輕揚劍眉，沒想到君兒這麼快便認同了他的說法，原以為要花一番口舌引導她，現在看起來似乎沒那個必要了。

「我知道的不多，但我會盡量將我所知道的轉達給妳。在宇宙曆第一〇七年，人類在探索新界星域時，在碎石帶外域遭遇巨龍種族。隔年，虛空屏障正式進入虛弱期，爆發人類在抵達新界以後第一場足以毀滅族群的戰爭。人類幾大戰力最強的世族與組織出戰，其中強者人數最多的便是『戰族』。同年，戰族出現一位天資卓越的強者，斬龍王，斷龍神角，同時……殺了所有第一線的同族與人類同胞。」

卡爾斯猶如夢囈般的說著，直到說出最後一句話時，他的臉色也不由得變得緊繃嚴肅。

君兒先是愕然的瞪大美眸，旋即闔眼深呼吸，試圖平復這個驚人消息。這比她聽過的傳聞更加險惡與真實的訊息，讓她的心忍不住因此刺痛了一下。

「那位來自『戰族』的強者在戰場上走火入魔，在展現出無與倫比的戰力的同時，也為人類帶來了絕頂災難。新界有一生命禁區被後人稱作『魔陣死域』，那是一座如雙螺旋羊角般造型的古遺跡，螺旋角柱上刻滿了神秘難解的紅色楔形文字。那座遺跡擁有著非常強大的負面力量，會讓進入遺跡區域內的人被負面思緒汙染心靈，然後成為遺跡的祭品，被遺跡本體的邪惡意識吞噬一切。」

「傳說，那位戰族強者便是這個世界唯一一個進去過那裡，又活著走出來的人。只是因為一些意外，他卻被那座邪惡遺跡寄生體內，並且在戰場上被魔性的意識操控了思緒……」

「也因為當時他瘋魔如鬼的狀態，讓身處後方防線的戰士記憶深刻，人們漸漸不知從何開始，稱他作『凶神霸鬼』。但也因為當時勝利的代價實在太過高昂，人們拒絕將他列入『人類守護神』的名單裡。儘管至今當時的慘況已從人們的記憶中淡去，但人們對他的畏懼仍在。」

君兒在第一時間，就從卡爾斯對「魔陣死域」中存在的遺跡描述得知了那樣的存在為何——那應該是「噬魂」！是在那場屬於牧辰星的漫長夢境中，那愛上牧辰星，最後卻又奪去了她性命的存在。雖然不知為何「噬魂」會以這樣的形式出現在新界，而他和戰天穹有所淵源，但就目前的情況，可能連詢問戰天穹本人都得不出答案吧？

隱約間，君兒腦海閃過某種想法，卻沒能捕捉住。

卡爾斯繼續說著：「從那日開始，所有因為這一戰失去家人、朋友甚至是愛人的人們，無不恐懼那瘋魔的男人，唯恐他下一次又會在戰場上大肆屠殺同伴。哪怕他為人類擋下來自異族的襲

擊，卻也得來了全人類的敵視與畏懼。」

卡爾斯的思緒默然飄往昔日，戰天穹親口對他言述一切事實的當時……

「……等我醒來以後，身邊全都是血。有龍族的，有人類的，有我的親族的……直到我回神，戰場上除了退逃的巨龍以外，什麼都沒剩下了。」戰天穹面無表情的述說當時，唯獨眼裡的痛楚讓人感覺壓抑。

「在我殺紅眼的時候，心裡漸漸的只剩下一個聲音：『殺！殺掉所有阻擋在我眼前的敵人！我需要更多的血、更多的死亡、更多的絕望！』那時我還沉浸在殺戮之中，完全沒有注意到自己已經被遺跡魔陣噬魂的意識操控。」

他倚靠在窗邊，漸漸的臉上浮現了對自己的憎惡。

「我當時竟然還覺得『這沒什麼』，並且引以為樂。當時的我，渴望權勢的心念被噬魂無限放大了我的欲望，驅使著我犯下許多錯事。可後來發生了許多事情，我開始後悔了。」

戰天穹面露愴然哀痛，然後他沉默了許久，簡短的說起了那段自己的經歷。

原來他在戰場上走火入魔以後，當時的他已是魔性深重，行事作為變得極端且狠辣不留情。回到族裡，他不僅不認為自己在戰場上錯手血刃族人是件過錯，還與當時接下族長之位的兄長起了嚴重衝突。

因為實力在噬魂寄體之後有了卓越成長，他狂妄的自持實力強大，暴力鎮壓那些不接受他爭奪族長之位的戰族長老與血親兄長，惹來更多族人的不滿與抗爭。最後，這樣的家族鬥爭演變成了血腥局面，不少無辜的族人被牽連進族長之位的權勢鬥爭裡。

當時跟在戰天穹身邊默默關注他的羅剎，在明白戰天穹已經深陷黑暗面的控制而無法自拔時，才終於出手，將控制戰天穹思緒的噬魂意識徹底壓制，戰天穹這才慢慢回復本來的心智。

「在羅剎的幫助下，我恢復本來的意識之後，對自己的所作所為感覺愧疚痛苦，然而罪孽已犯，那些無辜失去性命的族人也不會再回來了……」

「無顏面對先祖族人的我，在奪得族長之位以後，又捨棄了那讓我瘋狂不已的位置，從此化名為『鬼』，戴上面具、遺忘姓名、退居戰族幕後、遠離人群獨自修煉，只在家族或人類面臨每四百年一次的危機狀況時出面援助。我只能用行動來償還我曾犯下的罪，用這樣的方式來彌補因為我走火入魔而錯死我手的性命。」

「直到現在。」卡爾斯中斷了回憶，帶著一絲悲涼的為這段描述做了結尾。

他看著君兒眼底的痛楚，還有那瑩瑩閃動的淚光，知道她在明白這些後還是能夠接受戰天

穹，卡爾斯心中有種感慨又輕鬆的感覺。

雖然他只是概略的講出部分，但這樣恐怖的事實沒有讓她面露驚恐或是痛惡，至少君兒對戰天穹不是沒有感覺的。

「但他始終還是不能原諒自己，對嗎？」君兒顫抖著嗓音問著。儘管她知道卡爾斯還隱瞞了很多事情，但光是他說的這些，就能讓她對鬼先生更了解一些，更有了希望了解他更多的想法。

卡爾斯反問道：「以他那有什麼痛苦全往肚子裡吞的性格，妳覺得呢？」

君兒沒有答話，因為她也知道答案。

卡爾斯最後看了她一眼，見她雖然鼻頭泛紅，卻始終沒有落淚的打算，甚至還堅強的把眼淚逼回眼底。他失聲一笑，試圖驅散原本沉重的氣氛，打趣說道：「瞧妳要哭不哭的，可別讓阿鬼看見妳現在的狼狽模樣，不然害妳哭的我準沒好下場。」

見君兒調整好心態，他又好奇的詢問君兒接下來的打算。

「既然妳已經知道他就跟妳同處一艘戰艦上，那妳打算見他嗎？我也跟他談過這件事了，會告訴妳這些，多少也是因為那傢伙默許的緣故。妳不會因此討厭他吧？」

卡爾斯惴惴不安的問著，唯恐自己多管閒事講了這些，會讓君兒降低對戰天穹的好感，那他可就真的成了千古罪人，妨礙老友追妻會遭天打雷劈的。

看著卡爾斯那張娃娃臉上可憐兮兮又無比糾結的模樣，君兒抿嘴一笑，神情卻是柔和。

「我會比以前更喜歡他！」她肯定的回答，明媚的眼眸流轉著溫柔。

聽到君兒的回答，卡爾斯喜出望外的開懷一笑，那最後蓋在心頭的烏雲不在，甚至還為戰天穹感到開心。但君兒隨後的話又讓他有些傻愣。

「但可以的話，就請老大暫時保留我們的對話內容吧，有些事我想親口跟他說，而且我也想聽他親口告訴我關於他的一切。今天老大就當沒跟我說這件事囉，不要讓鬼先生知道，既然他現在沒打算見我，那我也還是別見他的好。」君兒俏皮的擺出豎指噤聲的手勢，讓卡爾斯不是很能理解。

「這就當他沒有告訴我，幫我開啟精神力會耗損他的精神力的處罰吧！誰叫他也有事情瞞著我呢？」少女笑咪咪的說著，眼裡滿是捉弄某人的算計。

卡爾斯忽然覺得，男人可以惹得天怒人怨，但就是不要惹毛女人，女人才是最可怕的敵人。

「老大你要答應我，絕對不能洩漏今天的所有事情！不然我就去跟紫羽說你的壞話，要她一個月都不跟你說話。」為確保卡爾斯不會臨陣倒戈，君兒下了最後通牒，拿出卡爾斯目前最大的弱點作為要脅，硬逼他答應這件事。

「……妳竟敢威脅我？！」卡爾斯氣惱低咆，君兒這番話簡直戳到了他的軟肋，要知道他最

近迷上了逗弄紫羽臉紅或惹她生氣的小遊戲，偏愛看她羞答答或氣呼呼的可愛模樣。

可跟他比起來，紫羽還是更聽君兒的話——要是君兒真的要紫羽一個月不理他，那他就真的得被紫羽冷落一個月了！

君兒始終保持著優雅的微笑，臉上的強硬未曾消融。

「誰叫老大也和鬼先生一起瞞著我呢？要我留下來兩年，也是鬼先生和老大談好的條件之一吧？而且，我就是在威脅你沒錯，誰叫紫羽是你的軟肋，她又是我的好姊妹呢？」

「妳……！好，我不跟那傢伙說總行了吧！哼！」卡爾斯僵硬的給出了君兒所想要的答案，然後倍感不滿的抱胸冷哼。

「老大抱歉了，也謝謝你今天告訴我這些，你果然就跟我猜的那樣是鬼先生的好朋友……謝謝你。」

君兒溫柔的笑了起來，將她真正的想法說出口：「我對他的心情，我打算等時候到了再親口告訴他……我想親口告訴他，我愛他。而有些事，得鬼先生自己想通了才行。」

卡爾斯一愣，因為君兒這段話中某段坦承自己心意的話語，而瞠目結舌的說不出一句話來。

看著眼前笑得溫柔卻又壞心眼的少女，他這才樂不可支的笑出聲來。

「哦，原來妳早就開竅了！好啊，我可以想像以後戰天穹在知道這件事的時候，臉上會有的表情了！那個笨蛋一直在糾結妳會不會愛上他的這件事，卻沒想到妳竟然已經……天啊，這真是蠢斃了，原來繞來繞去，你們兩個根本就是兩情相悅，那戰天穹還緊張個屁！」

他略帶不滿的咒罵者，臉上卻同時也跟君兒有著相同的壞笑。他也為君兒的想法感到佩服，知道她這是要給戰天穹時間想通，要不然以他現在的狀態，一定會替自己找一大堆藉口試圖逃避的。

而君兒這是第一次在除了好友以外的人面前承認自己對戰天穹的感情，神情有些羞澀。也因為卡爾斯對她說了這些事情，讓她更能肯定自己的心意和想法，但目前她還太弱，或許對鬼先生而言也充滿了年輕人的浮躁與不安定，可能得等她再長大、成熟一些，他們兩人才能夠有更進一步的發展吧。

君兒從沒有像今天那麼期待成長的。她並不擔心自己的想法會因為時間而變化動搖，因為她是真的明白自己的感情並不是小孩子的遊戲，而是已經全然做好要準備接受和面對他所有一切，包括他光明與黑暗面的包容。

「老大，今天就當成我們的秘密吧。你不用擔心我，雖然我花了不少時間才明白『愛』是什麼，但我可以很坦然的說出我的心情，並且也知道我真正要的是什麼。鬼先生那裡就要勞煩你多開導他了，雖然我現在很心疼他，但我想有些事情由兄弟開口，會比現在這個讓他感覺不安的我

來說更好吧！等我更成長了一些，我會慎重的跟他說出我的感情，到時候我希望他已經做好心理準備了。」

君兒展露了比她年齡更加成熟的感情觀，讓卡爾斯萬分感慨。或許這兩人彼此生下來就是為了彌補各自缺憾的對等存在吧？君兒的堅強正好補全了戰天穹心中懦弱的一角，而他藏在冷酷底下的溫柔也安撫了她用堅強遮掩的脆弱。

「妳放心，要說勸說這檔事，我來做是最適合了，誰叫他是我兄弟呢？」

卡爾斯豪氣拍胸，和君兒相視一笑，默契盡在不言中。

Chapter 73

傾聽

君兒和卡爾斯道別，當然不忘再次警告卡爾斯，這才笑容滿面的離去了。只是卡爾斯雖然答應了，卻在君兒離開後臉上浮現一抹玩味笑容。

「果然還是個天真的傻丫頭啊。」他輕輕一笑，其實根本沒打算維持和君兒的約定，他和戰天穹之間的深厚情誼就足以讓他違背和少女的誓言了。

他碧眸一轉，決定要告訴戰天穹今天他和君兒的談話，卻不打算完全明說，為君兒保留一些秘密。

不過，當他想找戰天穹分享這件事時，僅僅只是來到了戰天穹房門前，就意外感覺到了那比先前還有過之而無不及的負面感受。

那沉重的壓抑感頓時讓卡爾斯臉色鐵青，一臉緊張的打開了那扇房門。

「怎麼回事？！阿鬼你還好嗎？」他渾身緊繃的對著異常灰暗的房內出聲詢問，對戰天穹突來的情況感覺愕然。

「你不是沒多前才將噬魂壓制住了嗎？怎麼現在又——」變得那麼糟糕了？

卡爾斯劍眉緊鎖，再一次的感覺到戰天穹的內心越發脆弱了，不然噬魂也不會那麼容易就突破他內心的封印。

黑暗裡傳出一道沙啞的聲音，卻模糊不清：「……出去……」

「你說什麼？」

卡爾斯側耳傾聽，向房內跨出了腳步，腳下卻像是踏進黏稠的泥沼般，讓卡爾斯眉頭深鎖。負面凝聚得越來越接近實質了，這是否意味著噬魂的力量逐漸變得強大？

「……出去，離開這裡……我沒事，讓我靜一靜……」

戰天穹帶著警告的聲音再次傳了出來。他的語氣雖然沙啞疲倦，卻沒有太多的壓抑和緊繃感，讓卡爾斯打消了想要硬闖其中的念頭。卡爾斯知道自己若是擅自闖入，可能只會讓戰天穹的情況更糟而已。在黑暗與負面之中，所有被他重視的一切都有可能成為他的弱點。

卡爾斯原本打算告訴他君兒對他身分的觀感，讓他稍微開心放鬆一下，但顯然現在的情況是沒辦法說了。

「你的情況越來越不穩定了。」卡爾斯神情嚴肅，同時慢慢退出那讓他心靈沉重的區域。「我還是決定，加快戰艦速度抓緊時間回到新界，你得早點離開君兒才行，不然以你現在的情況實在太危險了……我想你也不希望君兒看見你這模樣吧？雖然說，她早晚都得知道這些，但你可要先做好跟她坦承一切的心理準備。」

戰天穹沒有回答卡爾斯的問話。

當卡爾斯腳步艱難的離開了那暗得不見任何光源的房間，在關上門以後還能隱約感覺到門後

傳來的負面感受。明明先前這些都還能被限制在房間裡頭的，現在竟然無可抑制的外散瀰漫了。

不知是誰說的，愛會讓人變得脆弱，這句話用在此時的戰天穹身上再適合不過了。

擔憂的看了那緊閉的房門一眼，卡爾斯果決的轉身離開，同時在這一區域下達了禁行令——為了制止戰天穹的負面氣場影響那些心思不正的星盜手下，這是他唯一能隔開彼此的方式了。

「看樣子，還是得請靈風來架構一個小型的封印符文才是。」卡爾斯喃喃自語，同時趕往艦首區準備催促手下加快航行的速度。

＊＊＊

「……滾回去，不要再試圖操控我的意志！」

房裡傳出震怒的低吼聲。

戰天穹感覺到自己的四肢像是被抽乾了氣力，怎樣也無法自由操控。

在由負面凝聚成的黑暗之中，戰天穹忽然看見一抹赤紅色的幽火浮現眼前，然後緩慢的凝聚成與他擁有相同樣貌的另一個「他」。

『我可沒有操控你，這都是你自己「希望」的。』「他」擺弄了一下虛幻的形體，同時因為戰天穹的警告而嗤笑出聲，彷彿聽見什麼天大的笑話一樣。

『你以為負面從何而來？負面是從你自身的欲望跟被壓抑的情緒中誕生的。不要什麼都怪罪在我身上。我啊，充其量不過就是接受你那些情緒垃圾的倒楣鬼而已。』噬魂自嘲的冷笑了聲，同時想探手碰觸戰天穹，卻在碰觸到對方的瞬間，指尖消散成紅色的光點。

「他」縮回手，看著再次凝成的指尖，臉上有著遺憾。

『果然，幻化出來的身體還是太不穩定了嗎？真可惜。』

戰天穹很快就冷靜下來，透過感知，這才恍然了悟自己正處於一種半夢半醒的狀態中。

自從他實力越發強悍以後，他幾乎都不再睡眠了，因為意識的沉睡，會讓噬魂有機會突破心靈的防線。只是這一次，為什麼他會無意識的進入這種半夢半醒的狀態而不自知？自從上一次他被噬魂拉進夢境以後他更有了戒心，卻沒想到自己還是不小心鬆懈了防備。

像是聽見他心中的困惑，噬魂在好奇的扯弄自己一頭赤髮之餘，解答了戰天穹心中的問題。

『你沒感覺到嗎？因為君兒的靈魂……不，或者該說，「魔女」的靈魂在呼喚我們，不然以前的我是沒有辦法強制將你拉進我們彼此的心靈深處的。』

今天的噬魂只是將戰天穹拉進彼此的心靈深處，似乎沒打算要跟戰天穹像過去那樣針鋒相對，彼此互相爭奪意識的主導權，現在的他更專注的是自己創造出來的虛幻軀體，不停的擺弄著

各種姿勢。

不過，當眼前那如同自己倒影般的存在，正在用自己的臉擺出一些可說是讓人啼笑皆非的表情和動作時，戰天穹有種羞恥的感受。

「——你夠了，不要用我的臉扮鬼臉，那很蠢。」戰天穹只覺額間青筋一抽一抽的，對眼前那像是發現了什麼好玩的玩具，樂不可支的擺弄身體的噬魂出言警告。

『呿，這是我第一次有能力凝聚形體，玩一下都不行，你這人真是小氣。啊，我都忘了你把玩樂和輕鬆當成是一種罪惡了，活該你要硬逼自己捨棄這些，難怪你的人生充滿了無趣，無聊透頂。』噬魂像是個叛逆的孩子一樣，偏要違抗戰天穹的警告，還不忘放肆的嘲笑出聲。

他那尖銳直白的語詞刺得戰天穹臉色一陣鐵青。

見戰天穹目露凶光，噬魂這才不再激怒他，畢竟自己能出來的時間有限，還是把握時間跟這位靈魂主體好好談談才是。

『這一次找你不為別的，我也沒那個精力跟你玩鬧，而是有些事你必須要知道了。』

噬魂的表情染上了罕見的慎重。

戰天穹嚴厲的目光中帶著審視的意味打量著他。

『雖然我不知道巫賢到底計畫了什麼，但我隱約能感覺，當君兒回到新界時，就會是所有一切的「開始」。』

「……什麼意思？」當事情牽扯上君兒，戰天穹也不得不聆聽噬魂想要說些什麼。

『你知道辰星為什麼會被稱作「魔女」嗎？「魔女」又是什麼樣的存在，背負著什麼，即將會遭遇什麼……這就是我今天要告訴你的，這關係到君兒的未來。』

噬魂臉上浮現了哀傷。

『你聽好了，這些我只說一次……為了已逝的辰星，也為了君兒，請你將我所說的這些全部記下來。無論最後你我是否能夠融合成為完整的靈魂，身為靈魂主體的你才掌握著影響君兒的主要關鍵，而我所能做的，僅僅只是提供你所有一切攸關此事的訊息而已。』

戰天穹想駁斥噬魂稱他作「靈魂主體」的語詞，但是看噬魂似乎已經沉浸在自己的世界之中，渾身都是破綻，就好像不在乎他在此時將他徹底消滅一樣。這樣反而讓戰天穹心存顧慮，不由得靜靜的傾聽下去。

＊＊＊

「靈風，謝謝你。」君兒回到植栽室繼續先前落下的工作，同時不忘和靈風道了聲謝，如果

不是他提醒自己可以趁機去詢問老大關於鬼先生的事情，自己也不會更明白鬼先生的情況。

「不客氣。」靈風坦然接受了君兒的道謝。他在想通了一些事情以後，心情也變得輕鬆，面對君兒的善意，他不再像以前那樣抗拒，而是用不一樣的豁達心態去看待。

他不像兄長那樣能夠全然捨棄一切，獨自離鄉背井前往異族，那麼他只能去面對命運。契約要他們將一切奉獻給魔女，包括性命和心靈，但只要是契約，就一定有漏洞可循。他所要做的，就是找出既能夠履行契約，又不至於讓他失去本心的關鍵。

君兒看著沒有像之前一樣又毒舌一番的靈風，小臉有著訝異。不過她沒有多想，單純的以為靈風心情好，所以不找她麻煩而已。

靈風手邊忙著工作，卻透過心靈之眼觀察君兒的一舉一動。

這年輕的少女呀，其實也跟他一樣，在誕生時就背負了無比沉重的任務，那份任務可以說比他所承擔的還要更加沉重難受，只是君兒現在還不知道這些，但以她這不同於上一世的堅強，或許有機會能夠打破加諸在自身上的命運枷鎖也不一定。

「喂，笨蛋，妳還不打算放棄嗎？我是真的沒有打算要教妳妳想學的那些喔，我不是一個合格的老師，更不是一個及格的指引者。」靈風試探性的開口，其實內心多少也是希望君兒知難而退，因為若是由他來指導，他怕自己會因為契約而對她心軟，無法嚴格的教導她。

「怎麼？靈風老師是沒有自信可以教好我呢，還是覺得自己的技術不值得別人學習？」君兒以激將法回應，笑容優雅燦爛，卻明擺著是在挑釁。

聽到「老師」一詞，靈風臉上浮現羞惱的神情。他並不是排斥這個稱呼，而是抗拒這個稱呼所帶來的責任與壓力。

「我是不希望我的技術被妳糟蹋，更不想將時間浪費在妳這個笨蛋身上。」他沒有因為君兒的挑釁而失去理智，反而還回將一軍。

「你都還沒教給我，又怎麼知道我沒辦法青出於藍？」

「不為什麼，就因為我不想教——」

還不等靈風說完，整艘戰艦猛地一陣劇烈搖晃。隨後遽然加快的前行速度讓兩人連忙站穩腳步，不約而同的看向觀景窗外加速飛逝的星空。

「戰艦加快速度了？」靈風操控星力小心保護在瞬間加速的衝力中不停搖晃的器具，同時語帶訝異的說著：「這樣可是會比原先預計的還要更早抵達新界的。」隨後，他不經意的看了君兒一眼，髮絲掩蓋住的眉心沉重的攏起。

君兒的反應雖然沒有靈風快捷，卻在片刻後也穩住了身形。在聽見靈風說起了新界，她忍不住也有些驚訝。

「發生什麼事了嗎？」

靈風沒有回應她，只是一聳肩頭表示自己的不解。但靈風仍舊輕鬆的態度，讓君兒知道至少不是因為遭遇敵人而加快行進速度。

隨著戰艦逐漸平穩，君兒按捺不住好奇心，便向靈風問起了新界的事情。那象徵自由的世界，是否真如她們聽聞的那樣美好呢？

「靈風，新界那裡真的就跟原界傳說的一樣，是個美麗又充滿奇蹟的新世界嗎？聽說那裡有很多足夠人類存活上萬年的豐富資源，擁有和母星地球一樣的生存環境……我只有在圖片裡看過地球的紀錄，但還是不能想像新界會是什麼樣子的世界。」

對於君兒的說詞，靈風頓時啞然一笑，略帶感慨的說道：「奇蹟？或許對很多人而言那裡是個奇蹟的世界，但同時也是個充斥著危險的世界，全看妳怎樣去看待，但可別被那美好的假象給騙了。越是危險的，往往也越是美麗。傳言多少都是真假難辨，甚至是誇大其詞的內容，新界是否真的如傳聞那樣美好呢？妳自己去慢慢體會吧。」

他邊說，不禁想起了位於新界的故鄉。雖然他離鄉背井很多年了，儘管很多時候他都避免自己去回憶，但這次隨著星盜團一同離開新界，在歸途時他竟然浮現了近鄉情怯的心情。

可能也是因為所有的一切，都將因君兒的回歸而全面展開吧。

靈風的注意力不經意的落在君兒身上，讓君兒不解的摸摸臉，以為自己臉上有什麼東西。

靈風突來一問：「欸，笨蛋，妳會想家嗎？」

君兒一愣。沉默了一段時間，她才揚起一抹哀傷的笑，輕輕點了點頭。

靈風戚然一笑，面露頹廢的開口說道：「我也有家，但我不能回去，也不知道回去後該如何面對我的族人……因為我逃避了我應當肩負的責任。」

君兒聞言，知道靈風只是想要找個人傾聽他的想法，便安靜的聽他說起自己的心事。

「在新界，有一個我一直在尋找，卻又不知道該如何面對他的人——那是我的哥哥，可是他卻捨棄了我們必須要共同承擔的責任。這是個很長的故事了，今天就大發慈悲的說給妳聽吧。」

想了想，靈風決定要趕在前往新界之前，讓君兒了解一些事。比如說關於「魔女」的事，還有他們之間存在的關聯性。

也因此很難得的，靈風第一次對不熟悉的人講述起自己的經歷，也許是因為契約的緣故，所以潛意識中他知道自己必須要對君兒說出這些；又或者這段故事藏在心裡太久了，他需要將這些說出口，才能減輕心中無形的負擔吧。

「我和我的哥哥，誕生在將近一千年前的新界……」

Chapter 74

命運之說

新界．永夜之境

這裡是新界奇蹟星上的其中一處生命禁區。此區域因為正巧錯過了恆星環繞奇蹟星的行進路線，恆星的光輝無法照耀到這裡，可以說這裡幾乎全年都是永夜的國度。

因為無盡的黑暗，使得這片區域對人類來說，始終是未知的區域，從來沒有人能夠深入探索，甚至是能活著走出這片區域的。對於這處禁地，人類的觀感除了神秘以外還是神秘。

然而，這片終年不見天光的世界，因為沒有陽光的照耀，漫長的歲月讓這裡的生靈們發展成獨特奇異的物種——動植物紛紛都進化成能夠吸收星力藉此生存的珍奇物種，並且能夠在體表、枝幹上散發螢光。

在永夜之境，世人以為永遠漆黑的深處，這裡的樹木有著淡藍色的枝幹，以及散著淡白光輝的樹冠。那散著淡色光輝的樹木聚集成一片紫白色的樹海，無數同樣有著螢光的昆蟲穿梭其中，連那接近暗色的草叢都散著瑩瑩光輝，映照出一片美麗的螢光之海。

而樹海中心，突兀的聳立著一棵高聳入天的巨木。巨木通體晶瑩，彷彿是一座雕成大型樹木造形的紫水晶礦。它向上延伸，伸展的紫色枝幹長滿楓紅色的葉片。

紫與紅的交錯，優雅且美麗。

當輕風吹過，葉片吹響的不是沙沙聲，而是如水晶敲擊般的清脆響聲——樹木的質地堅韌，不同於尋常的樹木，而是類同礦物般的特殊木質，這才使得林葉在隨風搖曳時，一同傾瀉自然樂音的主因。

人類在抵達新界後無數歲月的今日，還沒有人知道這裡隱藏著一支比人類更早生存於此的新界原住民——他們擁有幾乎類似人類的容貌，唯一不同的，是他們擁有和人類為敵的遠親同樣的精靈尖耳。

若是隨便拉出一位居民拿去和此時與人類為敵的精靈族對比，會發現兩者近乎相同，同樣的俊逸美麗、同樣的尖耳，唯一不同的，是他們的髮色與眼睛顏色。

精靈族一向都是碧髮碧眼，而這裡的永夜居民則是純然的黑髮黑眼。

今天，永夜的居民異常歡喜，因為這天就是他們的王誕生的日子！

和人類懷胎十月不同，他們是先由母樹孕育出靈魂，再由母樹結果賦予身軀的，這天便是母樹即將孕育出王者靈魂的時間。

族人們歡天喜地的群聚母樹下方，和身穿白袍的族中長老一塊唱起古老的歌詞，呼喚王者的靈魂回歸。

而在盤根糾結的母樹底下，一池只有人頭大小，蕩漾著美麗微光的碧藍色水窪，此時正有一團微弱卻又無比溫暖的光球漂浮其中。

隨著族群越發悠揚群聚的歌聲，光球的光輝也越來越燦爛，然後就在歌聲即將進入尾聲時，新生的靈魂遽然亮起了炙熱的白光，卻在隨後一分為二！

當長老淚光滿盈的準備恭迎王者靈魂降生時，這突來的異狀讓人為之愕然，與過往截然不同的情況，致使在場的長老們面面相覷，怎樣也摸不著頭緒。

「王怎麼……」變成兩個了？

這或許是所有永夜居民心中的疑惑。

分裂成二的靈魂光球白光內斂，最後由較大的靈魂光輝率先發出了聲音。

稚嫩的孩童聲音卻帶著一種無形的威嚴，淡漠的開口說道：「無妨，這是為了族群更宏遠的未來才會如此決定。」

而隨著第一道聲音開口說話，另一顆較小的光球似乎不了解發生了什麼事，發出了嬰孩般的咿呀聲。

負責迎接降生王者的長老面露猶豫，雖然他已經猜到了答案，但還是忍不住開口詢問：「那麼，請問你們哪一位繼承了王的記憶？」

「我。」較大的光球平靜回答。

停頓了一會，光球喃喃的說出小光球的身分：「另一位是王者靈魂的一部分，是純粹空白的靈魂，也是我的……兄弟。」

隨後，還不等長老開口，大光球便老成的長嘆了聲。

「按照約定，這一世的我們將會依照前任王與魔女的協議，將此生奉獻給魔女。過往的取名儀式，這一次就由魔女來執行吧。」

也因為他的這一句話，長老默默的垂下了頭，神情滿是哀痛欲絕。

是啊，他們都忘了，上任的王者為了挽救族群面臨滅絕的危機，將往後的靈魂賣給了「魔女」，為得就是讓族群能夠存續下去。

「是的，我王，魔女大人已經等候多時了。」長老恭敬的垂下頭，沒有再看向靈魂光球的所在。

這時，母樹傳來了水晶清脆的響聲，女人的形影自那龐大的枝幹中突兀的走了出來——她一頭黑髮飛揚，擁有一雙冰冷的紫紅色眼眸，那張柔美的臉蛋上只有漠視生命的冷酷。

魔女淡漠的看了那一大一小的靈魂光團一眼，微微蹙起了好看的眉毛，隨後慵懶的冷冷一笑：「分裂成二？無論是一個還是兩個，既然你已經向我許諾要奉獻靈魂，那麼他們都將成為魔女的騎士。」

「我既然許諾，便不會食言。」大光球冷淡的回答，似乎並不在乎即將發生的事。

「你還是一樣冷淡呢，精靈王。可別忘了你的族群還需要仰賴我才能依存。」魔女輕掀粉唇，吐出了讓人感覺殘酷的話語。

她輕抬起手，掌中浮現一幅純黑色的美麗圖騰。那是生有一對羽翼的複雜圖騰，當圖騰浮現眼前，兩團光球不由得輕輕顫慄，自靈魂深處升起一種無可抗拒的感覺。

隨後，魔女的另一手凌空做出撕拉的動作，便輕易的將完整且美麗的圖騰切割成二，變成了左右半翼的圖騰。

「那麼，以名為誓——希望你們不要違背許諾於我的約定。」

魔女輕快的笑出聲來，似乎非常滿意光球的沉默。

當左右半翼的兩個圖騰各自飛向那一大一小的光球，魔女手邊勾勒出由符文組合而成的「核心契約」架構。

「核心契約」上頭閃動的光輝，讓垂首等候儀式結束的永夜居民們，心頭不約而同的浮現了哀傷，但他們沒能選擇，只能低下驕傲的頭顱，無奈的接受他們的王即將成為外族從屬的事實。

當左翼的圖騰與較大的靈魂光團融合為一，魔女也同時說出了契約的內容。

「象徵『劍』的左翼既然選擇了你，那麼你就叫做『靜刃』吧，守護星星魔女的沉靜之刃。按照約定，你將為星星的魔女斬除眼前一切的敵人阻礙，同時，成為制止她走向『終焉』之路的利劍！」

「象徵『盾』的右翼，你便稱作『靈風』吧。靈動之風，風既凜冽且無形，你在保護她的同時也要成就她，你將成為延續她性命的力量之風，代替她承受傷害與一切痛苦！」

當右翼的圖騰融進小的靈魂光球時，意外的讓這被取名「靈風」的靈魂發出了嬰孩般的哭泣聲，單純如他還不能理解為何自己一出生時就要遭遇這樣的痛苦，只是無助的大哭出聲。

或許是那如嬰兒般脆弱的哭聲，激起了魔女的某段回憶，讓她在瞬間流露了心軟的神情，彈指削弱了契約融合的速度，這才讓右翼契約和靈風融合的情況不再使他感覺疼痛。

這畫面落在繼承王者所有記憶的「靜刃」眼裡，他只是沉默，沒有洩漏任何一絲情緒變化。

隨後，直到靈風與契約完成融合，魔女輕輕一嘆，語氣再度轉為冷酷：「這個契約將使你們和星星魔女的命運束縛在一塊，你們必須保護及守護她，並且盡可能的協助她超越命運……如果辦不到，那麼你們的靈魂與生命力將成為她延續生命的養分來源——從此以後，你們便是魔女的影子，姓氏便取作『影翼』吧。」

靜刃淡漠開口：「不要忘了妳的承諾。」

「我會履行我的承諾的。」

魔女面露疲倦，轉身沒入那水晶般的紫色巨樹之中。

當所有的光輝散去，被留下的兩團靈魂光球安靜的飄浮半空，靜靜的注視她消失的地方。

「王……」長老呼喚著那彷彿陷入沉思的靈魂光球。

「我沒有事，不過你們剛才有聽到魔女的話語了，從今天開始，我便是魔女的左翼騎士，靜刃・影翼。而他是我的兄弟，靈風・影翼！——這一世，這個任務將會高於我身為王的職責，以魔女的一切作為優先執行的事項。」

長老顫抖著身子，卻怎樣也沒能再喊出那一聲「王」。靜刃這樣的宣言，無意宣示著族群的王已經不再是完整的王了，他雖然仍會履行王的職責，卻更重於保護魔女的使命。

這個認知讓長老感慨又哀傷，同時心也浮現了不祥。

一分為二的王者靈魂，和魔女簽訂了的守護契約——這些是否暗示著，族群即將失去王者庇護的前兆？

時光飛逝，距離他們誕生也有幾十年了。這段時間靈風的心智才緩慢的成熟起來，但比起繼承有王者千萬年記憶的兄長靜刃，還是太過稚嫩調皮了些。

而因為靜刃刻意的縱容，靈風一直都像個孩子一樣，過著天真單純的生活。靜刃自己則是早早就承擔起王的職務，整日埋首於公事中。長老們像是也習慣由王來決定一些事務，從來不認為這些對此時的靜刃而言太過沉重。

在他們的眼裡，王就是應當要負責這些的存在，無論年紀長幼。

可是這看在年幼的靈風眼裡卻很不是滋味，幼年的他單純的認為靜刃不應該這樣，而是要和他一樣整天玩樂才對。

但往往靜刃只有極少數的時間才能休息，卻總會飛快的又被族人召喚，回去處理族中事務。這讓總愛黏著兄長的靈風經常會因此發起小孩脾氣，任性的妨礙靜刃辦公、對那些總是交付靜刃一堆工作的長老惡作劇。

但族人和靜刃從來都是讓著他，沒有責備過他。縱容他惡作劇、包容他的所有一切。

＊＊＊

「我還記得有一次對正在調配藥劑的族人惡作劇，趁著族人不注意的時候，將所有的藥材全都倒進了藥鍋裡……然後『轟』的一聲，把屋子炸沒了。不過事後靜刃只是找我過去跟我談了一些事，他沒有責備我，只是很抱歉因為他的忙碌而沒能夠照顧我。」

靈風簡單的講述他幼年跟靜刃互動的過程。只是，儘管他盡可能平靜的描述自己小時候的經

歷，但有好幾次君兒還是會忍不住因為靈風小時候的調皮搗蛋而噴笑出聲。

「原來靈風小時候是個皮小孩，我可以想像你哥哥在幫你收拾善後時無奈的表情。可是靈風的哥哥真有耐心呢，竟然這樣都還不會發脾氣，靈風跟他比起來真是差多了。」她邊笑，同時還不忘戲謔靈風一番。難得可以抓住調侃靈風的機會，她說什麼也不會輕易放過。

靈風尷尬的哼了聲：「那是因為我人見人愛、花見花開，所以大家都讓著我好不好！」

「而且我哪裡比不上我哥哥了?哼，我知道妳是在羨慕我，所以我不會跟妳這個牙尖嘴利的黃毛丫頭計較這些。」他咬牙切齒的說著，臉上的表情和語詞完全不是同一回事。

「我是很羨慕啊。」君兒坦白的說，小臉上滿是嚮往。「有家人、有兄弟姊妹是一件很幸福的事，所以靈風其實很幸福呢，被那麼多族人跟哥哥照顧著。」

君兒溫柔的笑著，臉上的真誠讓靈風打消了出言諷刺的想法。

他這才想起君兒是被收養的孤兒，爾後輾轉淪落到皇甫世家，比起她，自己確實幸福許多了。於是他便伸出一隻手拍了拍君兒的腦袋，有些扭捏的表達安慰。

「哼，妳可別搞錯，我這可不是在安慰妳喔，我只是在同情妳而已。」

靈風這口不對心的說詞讓君兒輕笑出聲，眼裡有著看穿他心思的笑意，讓靈風尷尬的嗆咳了聲：「嗯咳，之後直到我更長大了一些，靜刃才跟我提起了我們兩人在出生時，就肩負起的責任……」

他接著繼續說了下去，提到了隨著年紀增長，靜刃終於告訴他，他們必須要執行的任務——關於保護一位魔女的這件天大使命。可能是顧慮到他年幼時還不能夠了解這些，才會一直等到他心智圓融後才告知他的吧。

「我後來才知道，原來我和他這輩子都將成為一位『魔女』的守護者。我對此非常抗拒，但也知道這是無可違逆的命運。」

君兒聽他提起了魔女一詞，不知怎的，心情沉重的有些難受。她聯想到了在先前的夢境裡頭，牧辰星哭喊自己不是「終焉魔女」的記憶。這跟那有關嗎？君兒暗自猜想著。

「我有跟靜刃談過這件事，但他的反應……該怎麼說呢？很冷淡吧，像是絲毫不在乎一樣，只是偶爾會感覺到他在隱藏什麼的感覺，可當時的我沒有想太多。」靈風苦笑，回想起當時靜刃對此事的異常冷淡。

靜刃全然隱藏起了的情緒，讓人猜不透他的想法，只是偶爾靈風還是會感覺到他厭世的想法和對一切的憤慨。現在想起來還是讓他感覺難過，明白原來打從一開始，他的兄長就已經計畫好了一切。

看著靈風的嘴角彎起一抹哀傷的弧度，君兒不難猜想他此刻的心情。

敬愛的兄長忽然失蹤，現在回想起才猛然驚覺，原來過去兄長的言行舉止間早就暗示著會有這一日的發生。靈風沒能夠及時發現，想必一定很挫敗吧？

靈風語帶飄忽，繼續說道：「我永遠記得有一天，靜刃告訴我關於魔女的事情的那天。他說……」

「靈風，你知道『魔女』是什麼樣的存在嗎？」靜刃陪著靈風在母樹上眺望著底下散發著紫光的樹海，忽然問起了這件事。

「魔女？我不知道，我只知道我討厭她。」靈風此時對保護魔女一事充滿了抗拒，自然語氣好不到哪去。

「『魔女』呀，是比我們還悲哀的可憐存在。」

靜刃接著說的話，語中表露的深切同情讓靈風驚訝的「咦」了一聲。

「她是宇宙意識的一部分，負責執行宇宙交付的毀滅任務的存在。可在甦醒之前，魔女充其量也不過是個普通的女孩子而已。但當甦醒的時間到來時，如果她的意志不夠堅定，就會漸漸被負面的情緒腐蝕心靈，開始變得憤恨、變得消極、變得恐懼一切——然後被屬於毀滅的人格徹底取代思想，而首先她會做的，就是將原先愛過的一切全部都毀掉。」

靈風驚呼出聲，忽然對原先抗拒的「魔女」充滿了同情。

「但最悲傷的是，她會記得所有發生過的一切。如果原本的人格真的被取代就算了，但偏偏她卻會保有意識，看著『自己』殺死自己愛過的人，家人、朋友、戀人，毀去自己居住的家園，將所有一切全都破壞掉——然後再一次的投身輪迴，繼續下一次無限輪迴的悲傷。」

「……就跟我一樣。」靜刃嘆息著，對彼此有著同樣的命運而有所共鳴。

「所以我想幫她，可以的話，我也想擺脫這無解命運的輪迴……」

那時靜刃說的這段話似乎就預示著他的決定，然而當時的靈風還不懂他語中的感嘆。

直到很久以後，靈風在知道靜刃遠超過於他的成熟，是因為他擁有精靈王者千萬年輪迴的記憶，他才悚然驚覺，靜刃是不是因為魔女和他擁有極其相似的遭遇，希望能夠協助魔女以及讓自己能夠擺脫這樣的命運，所以才會選擇離開……不，或者說，背叛族群？

然而君兒在聽見靈風的講述以後，他語中「無解命運的輪迴」一詞，竟激起她心中一閃而過的痛楚。

那恍若共鳴般的劇烈疼痛，那沉重的足以摧毀一切的哀傷……靈風語中的魔女，莫非真的就是她在夢裡見到的牧辰星，又或是自己呢？

那毀滅一切的魔女，是否就是牧辰星所說的「終焉魔女」？

她最後會不會也跟牧辰星一樣，被掌管毀滅力量的人格奪去意識、佔據軀殼，將刀刃指向自己所愛的一切？！

「靈風，我想請問關於你說的『魔女』——」

君兒想詢問靈風關於魔女的事情，她語中的急促洩露了她的不安。然而靈風卻直接打斷了她意欲詢問的語詞。

「哥哥離開以後，我踏上了旅途。在這段時間裡我想了很多，現在妳知道我對魔女是怎麼想的嗎？」

他輕輕揚笑，嘴邊有著無奈與一種釋然。

「魔女啊……哥哥告訴我，魔女有兩種不一樣的命運：一是被毀滅一切的意識操控，另一個則是魔女打從開始就沒能實現過的另一條未來——那就是，依靠自己的意識戰勝毀滅的意識，讓自身成為奇蹟，同時也成為掌管奇蹟的『星星魔女』！」

「我一直在想，這一世的魔女究竟是會重複過往的絕望，還是成為奇蹟的希望呢？君兒，妳覺得呢？」靈風忽然問起了君兒，卻不像往常一樣稱呼她「笨蛋」，而是無比正式的喊著她的名。

君兒為之一愣，隨後，她很快就給出了答案。

「我想，這一世的魔女會替自己創造出奇蹟！」

她堅定的答案讓靈風輕笑出聲。他有種感覺，如果靜刃希望能夠擺脫長久以來的宿命，或許君兒會是其中一個重要關鍵吧。

若那是靜刃的願望，他想，他會幫助他的，用他自己的方式。

「是嗎？妳又不是魔女，妳怎麼知道這一世的魔女能夠創造奇蹟？」

君兒靜靜的望著靈風，她不是聽不出靈風在說反話。從他跟她提起魔女的事情時，她就隱約猜到靈風可能也知道了些什麼，所以才會刻意說出這些的——畢竟按照他的說法，他可是背負守護魔女責任的騎士！

雖然不解為何他的族群要保護她，但至少他不會傷害她。

不過君兒猶豫了一會，最後沒能將自己的猜測說出口來。魔女一詞背負著太多讓人難以承受的宿命枷鎖，她在看過牧辰星的結局以後，多少也會對自己就是魔女轉世而感覺沉重。

「眼有星星的女孩呀，妳的眼睛已經告訴了我答案。」靈風苦澀的笑出聲來。「現在妳知道我為什麼會討厭妳了吧？應該說，我討厭的不是妳，而是妳所背負的命運，以及我所必須承擔的宿命……」

Chapter 75

考驗

『所以，這一世的君兒還是很有機會超越命運的，而我們是關鍵之一。命運，這個詞太難捉摸了，你永遠猜不透宇宙下一步棋會怎麼走。我也是直到接觸你以後，才明白了你我之所以存在，並且再一次和魔女相遇的理由。』

噬魂平靜的說著，他已經將他所有知道、明白的一切都轉達給戰天穹，剩下的就看這位靈魂本體如何決定了。

「……你還有事情瞞著我對不對？」戰天穹冷漠的開口，望著噬魂的眼神絲毫沒有因為他說的這些話而有任何冰融。

噬魂揚笑，卻笑得苦悶：『不是我不說，而是現在不能說。有些事說了反而會引起蝴蝶效應，可能會改變未來的可能軌跡。我只能告訴你，在君兒抵達新界以後，很多原本你不清楚、不了解的，很快就會全部展現在眼前了。』

回應噬魂的是戰天穹長長的沉默。他低垂著眼，似乎在思索事情。而噬魂也很有耐心的等待著他的回應，同時不忘扯拉自己的髮絲，似乎對頭髮保有一種極端的興致。

最後噬魂等到不耐煩了，這才語氣惱惱的開口詢問：『喂，你到底知不知道這件事的重要性？我們之間是必定要融合成一體的。你拖的時間越長，就越難掌控未來的變向！所以你到底決定好了沒有？』

「既然如此，那就摧毀你的意識，由我親自拿回我的靈魂碎片就行了。」戰天穹冷酷開口，再抬頭時，他眼裡的凶光讓噬魂心頭一震。

『——你什麼意思？！』噬魂震怒大吼，察覺到了戰天穹毫不掩飾的殺意，登時也面色猙獰起來。

他咆哮說道：『你以為你真能夠抹除我嗎？別傻了，只要你不能接受黑暗面的一天，我就會越來越強且永遠存在！』

「你說的這些或許真的讓我明白了一些事沒錯，但融合這件事純粹是你想要掠奪我的身體才會這樣說的吧！你以為這樣說，我就對你沒有防備了嗎？」

戰天穹終於擺脫了身處夢境那種無法掌握身軀的感受，他站起身，昂首闊步的朝噬魂走去。同時，就像噬魂能用夢的無限力量凝聚出形體一樣，瞬間他也在手邊抓握出一柄赤紅色的長柄戰斧來。

也因為在夢裡，他不需隱藏自己的情緒，那夾雜著可怕的殺意、憎恨以及仇怨的心情瞬間襲捲整個空間。

噬魂在同時露出森然的微笑。

『瞧瞧，那道貌岸然的戰天穹哪裡去了？你也不過是個活在虛偽面孔底下的可憐人而已，要

是讓君兒看到你這副模樣，她會怎樣想呢？會不會驚訝自己親愛的鬼先生竟然隱藏著這麼殘酷暴力的一面，因而對你心生抗拒？』

噬魂冷嘲熱諷的語詞之犀利，讓戰天穹由狂怒轉為風雨襲來前的可怕寧靜。

當一切看似平息後，夢裡的空間開始變換起來。那血色的浪自黑暗空間的某一角瀰漫而出，唯獨只有黑色的世界染上了妖豔的紅。這畫面讓噬魂的臉色變得極其難看。

『嘖，突破束縛了嗎？』

看著那不再掩飾真面目，展露了半面鐵灰與紅印字符的男人，噬魂陰森一笑，身影逐漸淡去，並不打算與之正面為敵。

『你可以繼續抗拒我。你越抗拒，我的力量就越強大。然後總有一天，我這個黑暗將能夠吞噬光明……哪怕我只是你靈魂的一塊碎片，但心的力量決定一切。既然你不願意面對事實，不願意承認你我本為一體的真相，那就繼續憎恨吧！但可以的話，我只希望……』

噬魂的聲音到最後變得模糊，沒能說完的句末消失在他感慨的嘆息聲中。

他究竟希望什麼，戰天穹一點也不想明白，哪怕他心裡清楚的知道，噬魂說的那些全都是事實——包括他希望彼此能夠融合成為完整的靈魂，才能真正守護君兒的這件事。

「……混帳！」他咒罵出聲，卻不知道是在咒罵那已經躲回內心深處的噬魂，還是自己。

＊＊＊

聽靈風說出他抗拒自己的主因，君兒只是淡淡的說了一句：「這樣啊……」然後便不再言語。

「喂，妳是想說我不是妳的親人，卻又跟妳這位『魔女』關係匪淺，前後反差太大所以嚇呆了嗎？妳的承受力也太弱了吧。」靈風嘻皮笑臉的問著，似乎忘了先前的沉重。他很快就調整好了心情，這或許是他的優點之一吧。

「不，我是在替自己默哀。」君兒瞥了他一眼，見靈風在眨眼間就恢復了原本的狀態，不禁對他這樣風雲無常的情緒變化感到敬佩。該說這個人是神經大條呢？還是真如「靈風」這名字一樣，不會因為任何失落的情緒而困住。

靈風因為君兒的回答再度一愣，「妳默哀什麼？」這一次他竟然聽不出君兒的弦外之音。

「默哀我是要被靈風保護的那個人……真倒楣，我現在忽然很希望我身邊的騎士是你哥靜刃呢。聽你那樣說，感覺靜刃可靠多了！靈風就——還是算了吧？」君兒也飛快的轉換心情，馬上趁機出言調侃。

這表明不信任他的態度，讓靈風惱羞成怒的漲紅了一張俊臉，憤慨的嚴肅表示：「我哪裡不可靠了？！靜刃他嚴肅的要死，比起他還不如被我保護，我可是幽默風趣多了！」

「但靈風除了嘴巴毒以外，根本半點長處都沒有。」少女大嘆口氣，一聳肩頭，臉上滿是無奈。

雖然君兒外表看起來像是十分不相信靈風，但其實她是打算使用激將法再接再勵。趁著現在靈風敞開心扉，暴露自己內心想法的時候，她想藉機讓靈風點頭答應指導她。

「什麼？！我可是藥劑植物學跟符文學的雙科奇才，妳竟然說我一點長處都沒有！……哦？妳是想用激將法激我是吧？小丫頭，妳的計謀太好猜了，要不是我剛剛情緒激動，差點就被妳騙了。」靈風瞬間洞悉了君兒的目的，馬上冷靜了下來，嘲弄的看著一臉挫敗的少女，笑得惡劣。

「要我教妳也不是不行啦……」

靈風的一句話再度點燃了君兒的信心，她目光期盼的看向靈風。

靈風看著君兒那期待又緊張的眼神，讓他忍不住想著，不曉得自己過去是否也是這樣既期待又怕受傷害的等著靜刃指導他功課呢？

他從沒想過自己有一天能為人師表，壓力還挺大的。

「從現在起到抵達冥王星前的前一週，這段時間如果妳能把我這間植栽室裡所有的植物作物、花卉樹木的品種跟功效還有特性全都記起來，我會給妳一個測試。如果妳能通過，我就正式指導妳藥劑學。之後還有其他考驗。直到我滿意，我才會教妳符文技巧，當然也包括了妳最想學的符文凝武這門技術。」

「真的？」君兒眼睛一亮，因為靈風第一次正式說出指導這件事而驚喜不已。

「當然是真的，說謊的人是小狗，但做不到的人是小豬！希望妳不要當那隻小豬哦。」

靈風燦然一笑，同時手比向植栽室他放置書籍和研究資料的方向。那鑲在牆面內部，高有兩百公分的書櫃上擺滿了厚重的草藥書籍。

雖然君兒知道接下來要閱讀的書籍很多，但是實際看到那琳瑯滿目的書冊以後，還是忍不住覺得有些頭大。

「現在那些草藥書籍妳可以隨意借閱。怕了的話，想認輸隨時都可以。」

靈風擺出了個「請便」的姿勢，就想君兒這樣放棄，他也落得輕鬆。雖然跟魔女的契約裡有要協助君兒成長的條件，但就因為條件說得太過簡單，自然漏洞也多了起來——誰叫契約沒有說不能考驗君兒呢？那如果君兒考驗不過，這也是成長的一個環節呀。

儘管他也知道自己開的條件太嚴苛了，不過就讓他看看她能做到哪種地步吧。

「平常時間妳還是得在我這幫忙。剩下的時間妳可以自由閱讀這些草藥學。加油吧笨蛋。要把這些全部記熟可要花上不少工夫的哦！如果妳真的能通過我的考驗，那我也沒什麼好說的了。」

「我會讓你驚訝的！」君兒堅定的說著。

＊＊＊

黑髮精靈一如既往的眺望著遠方的行星，只是這天，一抹輕靈的身影卻擾亂了這裡的寧靜。

「呵呵，我親愛的精靈王，你又在看星星了呢。那些星星究竟有什麼值得讓你駐留目光的？」擁有一頭銀綠髮絲的絕美女性精靈輕笑著，身姿輕巧的踏著草地而來，身後展開一對紫金光色的流光翼翅，象徵著她身為高等精靈的身分。

只是她語中的輕佻與傲慢，卻跟那位與巨龍商談事務的精靈女神如出一轍。

「……泰瑞娜絲，請不要用阿蘭妮絲的身體這樣說話。」靜刃微皺劍眉，對此時利用精靈聖女身體說話的存在出言警告。

「嗯哼，為什麼我不能用『她』的身體說話？這不過就是我製造出來的代言人而已。」女性精靈柔媚一笑，扭著身子毫不害羞的湊近了靜刃身邊，親暱的攀上了他的手臂，臉上甜甜的笑意彷彿是個戀愛中的女孩兒一樣。

然而，被她抱住手臂的男人卻是一臉冷漠，唯獨那雙黑眸閃過了一絲嫌惡和嘲弄。

「妳這位神靈不好好的接受族人的朝拜，跑來我這做什麼？跟我一起看風景嗎？我知道妳沒那個閒情逸致，有什麼事就直說吧，我不喜歡拐彎抹角。」他疏離的掙開了她如藤蔓般纏上的手，同時說出了來人的身分——精靈族的聖女阿蘭妮絲，同時她還有另一個不為人知的身分，那便是精靈女神的傀儡！

只是此時傀儡的意識已然沉睡，取而代之的則是女神的意識。

「真是冷淡呢，不過我相信總有一天你會臣服於我的，就跟你背棄了自己的族群，投靠我一樣。」女性精靈絕豔的臉蛋自信一笑，抬手就想觸摸靜刃冷峻的臉龐，卻被他直接抓住了那不安分的玉手。

見靜刃不耐蹙眉，她呵呵一笑，這才收回手，單刀直入的講出自己今日特別前來找他的主因。

「魔女就要來了，親愛的騎士你準備好了嗎？」

「早從我離開熟悉的一切來到這裡時，我就已經準備好了。」靜刃輕闔上眼，不去看女性精靈臉上的嘲笑表情。

「那天你也聽見我們的對話了，『種子』的事情就拜託你了哦，畢竟那也是你建議我埋下的手段嘛，能夠透過母樹喚醒那些『種子』的人也只有你了，我親愛的精靈王。」

靜刃面無表情的「嗯」了一聲。

「真是完美呢，你冷漠的臉……哪怕每一次的輪迴你都以不同樣貌呈現，但我看了那麼久都不會感覺厭煩。王的靈魂呀，是我見過最剛毅的，也是最耀眼美麗的存在了。」

女性精靈痴迷的望著靜刃的臉龐，換來靜刃一臉不耐。

「說完了就滾回妳的神壇上。」他冷酷的下達驅逐令，絲毫不在乎眼前身軀裡的是屬於精靈女神的意識。他的強硬源自於累世對女神的了解，以及她此時非常需要他協助的縱容。

女性精靈紅唇一噘，幽怨的望了他一眼之後，旋即瞬間倒下。

靜刃動作飛快的拉住那軟倒的女性身子，而就在他攙扶住她的同時，那屬於這具身體的原本意識也同時悠悠回神。

她困惑的發現自己處在與先前完全不同的草原懸崖，又看見了那攙扶自己的男性，登時羞澀的紅了臉，手足無措的驚呼出聲。

「欸？！靜刃大人！我怎麼……是女神又透過我來向你轉述神諭了嗎？」阿蘭妮絲像是經歷許多次這樣的情境，很快就明白了到底發生什麼事。只是面對自己戀慕的男人，要她保持平靜因此變得困難。

靜刃輕點頭給予回應，臉色也因為女神的離開而逐漸變得平靜，他似乎並不討厭這具身體的本來意識，跟先前的抗拒不同，他主動的扶著因為剛甦醒而有些搖晃的女性落坐地面。

「謝謝。」阿蘭妮絲嬌柔一笑，與女神的媚態不同，這位精靈聖女的笑容更加純潔優雅且聖潔多了。

「休息完就回去吧，族人應該在找妳了。」靜刃平靜說道，隨後收回攙扶她的手，自顧自的在自己原本的位置坐下，繼續眺望遠方的行星。

阿蘭妮絲貪婪的看著他平靜思考的臉龐，隨後才悄然離開。

直到她離去以後，靜刃這才幽幽的嘆了口氣。

「可憐的女孩……不過，為了我的計畫，我會不顧一切的堅持下去，哪怕要犧牲很多。」他笑得淒楚且瘋狂，隱晦的浮現某種下定決心時的狠辣。

「靈風，希望你也能堅持你所堅持的，不然……我不介意跟你刀刃相向的。」

靜刃仰躺在地，不再看那遠方的行星，而是看著那浩瀚無際的宇宙星空，神情變得極其嚴肅，就彷彿那裡存在著什麼讓他戒備莫名的敵人一樣。

「得避開宇宙意識的關注才行……」他喃喃自語著。

而在同一片星空下，奇蹟星上的某一處，羅剎也正眺望著星空，神情嚴肅。

「時候就要到了，希望一切都來得及。」

他金眸閃動著濃濃的憂慮。

隨著君兒即將抵達新界，那象徵一切開始的日子，預示著難以捉摸的未來即將展開。

Chapter 76

有所隱瞞

「君兒，妳還在看靈風交代的功課哦？看妳好忙的樣子。」

紫羽難得來找君兒，卻見她忙碌的抄寫筆記，神情嚴肅的翻閱著那厚重的草藥學書籍，不禁覺得有些無趣。

這段時間她都被卡爾斯管得死死的，害她只能將時間全花在光腦系統上，但偶爾她還是會想跟朋友聚一聚，卻沒想到君兒現在都將注意力完全投入在學習中，根本沒時間搭理她。

見君兒專注學習，了解她的紫羽自然也知道君兒現在多少沒辦法顧慮到她，便索性趴在另一側的書桌上，靜靜的看著君兒忙碌。

雖然兩人沒有談話，但是紫羽覺得身邊有一個人陪著的感覺就是不一樣。

卡爾斯雖然對她極好，卻無法全天候都陪在她身邊。

而卡爾斯知道自己沒辦法隨時照顧紫羽，偶爾也會將紫羽託給君兒「保管」……對這個字詞君兒顯得很無奈，不過確實，在這艘戰艦上，她或許是唯一能夠讓紫羽感覺安心又同時能照顧她的人了。

終於，君兒忙到一個段落，闔上了書本。

就在君兒鬆了口氣的同時，紫羽開心的湊到她身邊，想和她說說自己跟卡爾斯相處的趣事。

「君兒我跟妳說哦，卡爾斯他呀，最後禁不住我跟他撒嬌，終於肯給我看他的秘密收藏了耶。妳知道嗎？他竟然藏了很多育幼教材呢！而且在給我看他的秘密收藏的時候，他還有臉紅呢，這男人也太可愛。還有呀，卡爾斯還剪貼了很多他手下的小孩的成長紀錄，看得出來他很喜歡小孩呢……」

君兒靜靜的聽著紫羽講述她這段時間和卡爾斯的互動，看著紫羽臉上的喜悅與幸福感，聽著她雀躍飛揚的描述，君兒知道，紫羽已經能平靜接受自己已經成為卡爾斯女人的這件事，而且還過得很快樂。這讓君兒也跟著感覺愉悅。

不過，每當君兒想到紫羽唯獨只對她表明心聲，這種依賴的心態與行為讓君兒擔憂不已。

「紫羽，妳還是得自己走出妳自己架設的框框才行，別總是讓卡爾斯託人照顧妳。我現在還可以陪妳兩年，但兩年以後呢？妳自己一個人怎麼辦？卡爾斯也不可能全天候待在妳身邊照顧妳。妳得自己堅強起來才行。」君兒語氣略顯嚴厲的勸告紫羽，換來她不滿的嘟囔聲。

「人家就是不想嘛，以後的事以後再說。」紫羽似乎不想談這件事，嘟著嘴別過了頭。

君兒也知道這事情急不來的，卻也不能縱容紫羽養成過度依賴的壞習慣。

紫羽見君兒又想多說，趕緊轉移話題：「對了，我最近在戰艦上發現一些熟人，君兒妳也認識的哦！」

「哦？」君兒眉一挑，看著紫羽一本正經的模樣，決定暫時放過她，饒有興致的等著她將話

說完。

「現在有好幾位皇甫家族的大小姐就在我們這艘戰艦上呢！沒錯，就是我們認識的那些大小姐哦。據說是卡爾斯當時闖入家族內強制綁架來的，說是要用來換贖金的！可聽說她們過得並不好，我擔心……」

紫羽沒有把話說完，但是臉上的恐懼和緊張表明了她的強烈不安。

這裡是星盜團，通常女性的下場都不怎麼美好，或許她和君兒是那極少數的幸運兒，可是那些大小姐呢？雖然她們兩人過去常常遭受到那些大小姐的羞辱和排斥，但總歸來說還是有點遠親關係的。要紫羽完全忽視她們的存在那是不可能的，她心裡的良知在要求她要拯救那些大小姐，卻也知道若是她真的將想法付諸實行，卡爾斯絕對會因為她的隱瞞和擅自行動大發雷霆的！

於是她想到了君兒，相信以君兒的聰明才智，一定會有辦法的！

「君兒，我們去把她們救出來好不好？」紫羽面露哀求，只希望能夠幫助那些大小姐。

然而，她的善良並沒有得到回應，君兒只是淡淡的看著她，不發一語。

紫羽見君兒的眼神裡帶上了一絲嚴厲，她有些忐忑，不解為何她會這樣看著自己。

「君兒？」紫羽怯怯的喊了一聲，不過看君兒的反應，她似乎也知道了答案，臉色有些失落。

「妳有跟卡爾斯說這件事嗎？」君兒突來一問。在看見紫羽搖頭以後，她這才嘆了一口氣，說道：「我相信這件事妳直接跟卡爾斯談，他一定會給妳一個滿意的答覆。他現在對妳幾乎是有求必應，可妳竟然還沒有完全信任他？」

君兒略帶責難的望了紫羽一眼，犀利的說出讓紫羽臉色漸白的語詞。

「妳是在猶豫自己沒那個資格讓他為妳妥協，還是想挑戰卡爾斯的底線？又或者，妳是想要證明什麼？」

君兒一針見血的分析讓紫羽羞怯的低下了腦袋，不敢再去看她那洞悉一切的眼神。而紫羽這樣的反應無疑也默認了君兒的說詞，讓君兒苦惱的揉著額心，紫羽的態度太好猜測了，從她原本大小事都絕對會同時讓她和卡爾斯知道，而這件事唯獨只告訴她的時候，君兒就隱約猜出紫羽的想法了。

但或許這是個讓紫羽學習一些人生經歷的大好時機，這種事越早體驗了解越好，這樣才能讓她在人生的道路上不至於繞太多的彎路。

「總之，救援這件事我們先不考慮。現在若是讓妳看到她們的狀況，可能妳就不會想要幫助她們了也不一定。」君兒冷淡的開口。

身為半個正式的星盜團員，君兒自然也從靈風還有其他較友好的星盜口中聽聞了這些事，她

比紫羽更早知道有皇甫大小姐的存在，當然還包括了那些讓人不難猜想的內容。

曾經是被捧若珍稀的存在，所以被綁架時這些大小姐們是非常的驚恐萬分，但受到星盜高規格的對待後，她們漸漸明白了這些星盜不會傷害她們，態度就開始狂妄囂張了起來。

紫羽困惑不已，用著一種不能諒解的眼神譴責的看著君兒，無語的表達她的失望。

君兒沒有多加解釋，有時候親眼看見事實更有說服力。

「妳還是太天真了。雖然保持天真是件好事，但愚昧的天真只會毀了自己。紫羽，在這個世界上，不成長很快就會被淘汰的。就算現在的妳一切都穩定、平靜了，也永遠不能停下成長的腳步，不然妳就會跟那些大小姐一樣，成為一隻空有一身華麗羽毛，卻忘了怎麼飛翔的嬌弱孔雀。」

紫羽沒有答話，她賭氣的不想聽君兒說這些話，又或者說此時的她認為君兒是在替她自己辯解，心裡對君兒除了失望以外還有更多的冰冷。

什麼時候君兒變得那麼冷漠了？她忽然覺得君兒離自己好遠，感覺自己好像被忘記在世界的某一角，沒有人認同她、了解她，連自己唯一的朋友都不幫助自己了，那她還有誰可以信任？

卡爾斯？紫羽腦海驀然閃過那人的身影，但儘管他跟自己的關係無比親密，可她卻捉摸不住他的心，所以紫羽才不願意跟卡爾斯談論這件事。

君兒見紫羽眼神閃動，心思慧黠的她沒有點破，只是悄然留了份心眼。

「時間差不多了，等等老大應該就會來接妳回去了，這件事妳親自跟他提，看看他會怎麼做吧。」君兒一如往常的就想摸摸紫羽腦袋安慰她，這一次卻被紫羽意外閃開了。

看著噘嘴冷哼的紫羽，君兒啞然一笑。

當卡爾斯忙完公事，興高采烈的要接紫羽回去時，此時君兒對卡爾斯暗中比了一個有事商談的手勢，同時她的目光不忘瞟向紫羽，暗示著她要討論的事情跟紫羽有關。

「小羽毛有沒有想我啊？」卡爾斯神色如常，親暱的喊著紫羽的小名，像是沒有注意到君兒那些微的小手勢。

但君兒相信卡爾斯一定看到了，因為這可是他們星盜之間的暗語，是最近靈風對她捉蟲盡責而額外指點的獎勵。

「我才不想你呢。」紫羽心情不悅的嘟著嘴，難得沒有像過去幾次那樣面露羞澀，讓卡爾斯看得有些訝異，同時隱晦的看了君兒一眼，多少猜到了什麼。

「沒想我沒關係，不過我想妳了。」卡爾斯嘴甜的哄著紫羽，他對說甜言蜜語一事並不害臊，往往直白直接的讓紫羽燒紅臉蛋，他也看得賞心悅目外加心情愉快。

聽卡爾斯這樣說，原本正鬧著彆扭的紫羽還是無可抑止的羞紅了俏臉。她的臉皮可比卡爾斯薄多了，禁不起他在別人面前這樣曖昧低語。

「嘖嘖，臉紅的樣子真可愛，生氣的時候也是。怎麼啦小羽毛？今天心情不好嗎？」卡爾斯沒跟君兒打招呼，彷彿眼裡只有被他圈在懷裡的嬌小少女，目光不離的模樣看得君兒好生羨慕。

「好了好了，我還要忙作業呢，老大你們要甜蜜請回房裡，別在這裡讓人心生羨慕好不好？」君兒勉強扯出一抹笑，心裡有些酸酸的——她又想到了鬼先生。

最後君兒強硬的將在摟摟抱抱的兩人推出房門，省得看人甜蜜，會讓她的思念因而氾濫。

＊＊＊

卡爾斯拉著紫羽回房。回去的途中紫羽還在因為大小姐的事情而心情不美麗。她想向卡爾斯詢問，想要試探卡爾斯能包容自己到哪個程度，但見他明知道自己心情不好，還是這樣神色平靜，心中不由得氣惱起來。

她想掙開他厚實的掌心，卻發現自己無能為力，只能消極的被他牽著，嘟起的粉唇翹得更高了。

從剛才君兒的暗示，與現在紫羽的態度，閱歷深厚的卡爾斯自然不難看出紫羽正隱瞞著某件事。而知道紫羽有事瞞著自己，這個認知讓卡爾斯微慍，卻隱藏得非常完美，沒有讓紫羽看出絲毫。

「怎麼了？心情不好要跟我說說嗎？」卡爾斯輕聲問著。

「沒什麼。」紫羽側過頭，不想去看那雙幾乎就要迷惑她的碧眸，略帶冷淡的回答著。

「什麼事都可以找我談，不要一個人悶在心裡。」

紫羽只是隨便的應答了聲，似乎不把他的話放在心上。

卡爾斯淡淡的笑著，那張娃娃臉上不經意的閃過了一縷陰影。

時間稍晚，卡爾斯藉口自己有公事需要出門。如往常一樣，他交代紫羽要出門的話記得找人陪伴，便離開了房間。

就在他離開以後，埋首光腦系統前的紫羽，雙手操作系統的動作忽然加快。她趁著卡爾斯不在，調出了戰艦的平面圖，同時還在上頭標示了一個目標所在的紅色標記。

「我、我只是想去看看她們而已，沒有別的想法……」紫羽安慰著自己，雖然覺得自己沒有告知卡爾斯，就獨自去會見那些大小姐們的這件事很不好，但既然君兒不願意幫助她，那她自己

來就好了！

因為很多複雜的理由，讓紫羽失去了理智，就想單靠自己的力量去救出那些大小姐——卻全然忘了，她沒有君兒那樣縝密的規劃能力和大局觀。

＊＊＊

「說吧，小羽毛怎麼了，看她的樣子可不像女孩兒每個月會來一次那樣，我知道她有事情瞞著我。」卡爾斯慵懶的倚靠在君兒的門板上，直接說明了來意。

君兒一嘆，覺得自己都快變成卡爾斯安插在紫羽身邊的間諜了。很多時候紫羽的女人心事只跟她說，可偏偏有些事不直接告訴男人，男人是不會懂的，她往往得將一些內容斟酌告訴卡爾斯，讓他們兩個彼此去互相磨合、調整，她都自嘲自己是感情調合劑了，真是的……

「老大，你有告訴紫羽關於戰艦上有其他大小姐的事情嗎？」

「沒，以她那種性格，我不用想就知道她一定會大發無謂的善心。怎麼了，她自己查到這件事了？」卡爾斯眉一挑，多少也知曉這日遲早會發生，畢竟他可是開放了戰艦上光腦系統的操控權限給紫羽了，她要是還不知道這些，那也愧對她的駭客才能了。

比。

「是啊，還要我幫忙她救人呢。」君兒頭疼的說著。但她卻觀察到卡爾斯的笑容越發燦爛，讓她心頭凜然。她知道這意味著卡爾斯此刻的心情可說是差到極點，完全與臉上的笑容呈極端對比。

隨後，卡爾斯輕輕一嘆：「……她還不能相信我嗎？」

從以前開始他就對別人不能相信自己的這件事感到不悅，尤其現在那個人還是跟自己最親密的人！本應當是最親近的人兒，為何會讓他覺得心如此遙遠呢？

雖然紫羽已經在和他的賭注中先輸了，可他也沒有因此就停止對她的寵溺，而是真的將她當作妻子、伴侶那樣的疼愛呵護，只是先說愛的她，卻是這樣對待他嗎？

君兒最了解紫羽，自然也多少猜得出她心裡真正的想法。

「我想，或許是紫羽害怕老大你不愛她吧……畢竟，輸的人是她，先說愛的也是她，但她卻不知道老大對她是怎樣想的，不是嗎？」

提到「愛」這個字，卡爾斯也沉默了。

愛……嗎？他的母親和父親或許是相愛的，但在他還未向他們學習如何愛人之前，他們卻早早先後離開了他。他已經盡可能的模仿父親對待母親的方式了，他不知道自己這樣算不算愛一個人，只知道去照顧、滿足紫羽的需求，然後跟她分享自己的一切經歷，試圖讓她多了解自己一

點，但這樣還不夠嗎？他做的還不夠多嗎？

還是說，紫羽根本並不是那麼愛他？

卡爾斯忽然心裡一片混亂糾結，生平第一次感覺到無助茫然。然後他看著眼前面色平靜的少女，想起了她對自身感情的成熟態度，不由得問起了心中最深最大的困惑。

Chapter 77

放下期望

「那妳說，我要怎麼做才能讓紫羽完全相信我？」

君兒或許並不是一個戀愛經驗豐富的人，然而她卻能設身處地的為深陷愛情迷局中的兩人設想。她站在局外，也因此更明白問題所在。

她搖頭，反問卡爾斯：「老大為什麼希望紫羽相信你呢？你所做的一切就是為了得到她的信任嗎？」

這句話問得卡爾斯啞口無言。若說是，那麼自己的付出就成了刻意為之；若說否，豈不是像個不求回報的傻子一樣？

「嗯，接下來我說的話，老大參考就好。」

君兒開始沉穩成熟的談起了她對愛情的觀感——

「人們經常會因為『期望』對方給予回應，而去『付出』，當然，這就是所謂的刻意；當然也有單純付出，爾後才有『期望』的產生，這也算是不經意的意念。」

「只是無論期望出現先後，愛的本質都應該是不求回報的，只是單純因為愛而去愛著對方，然後去付出、去分享。這些都是因為自身內心的圓滿幸福，所以才會將這份愛全然分享給別人。」

「就像老大你如果發生了什麼好事，一定會想要分享給別人知道，讓別人也因為你的開心而微笑吧？你只是單純的想要『分享』你的快樂，大概就是那樣的感覺。」
這句話也讓卡爾斯默默點頭，表示贊同。
君兒輕輕一笑，繼續說了下去。
「而從很多地方可以看得出，如果刻意或者是不經意的『期望』對方回應，那麼這份『付出』的美好就會開始變質。生活中很多面向都可以看到這點，例如：父母對子女的付出一開始或許出自於愛，但等孩子長大了，卻希望孩子能夠照顧老年的自己，這原本就是孩子自願也是出自於愛的照顧，卻因為父母過度的期望加身，而變得不情願了起來。」
「伴侶之間也是，若是開始計較誰付出的多，更深層的含意正意味著期許對方付出比自己更多，同時還暗藏著恐懼對方不夠愛自己的訊息。」
「其實紫羽這一次之所以會不相信老大，多少也隱藏著她希望能得到你更多的愛的意圖。就這一點來看，其實你們兩人都是一樣的，一個唯恐自己不被愛，一個則是強烈需要對方的愛——這點你能否認嗎？」
君兒的這番說詞讓卡爾斯啞口無言。
最後，他悶悶的回應：「但我還是不懂，若是付出以後，換來的卻是背叛和痛苦呢？」
卡爾斯的眼神冷漠冰封，讓君兒想起了總是用這樣的疏離保護自己的鬼先生。

她眼眸閃動著溫柔，略帶羞澀的如此說著：「這點老大可就比不上鬼先生了，或許他對我的付出存有期望我回應的念頭，但他還是願意付出更多，從來沒有對我有所保留。對很多人而言，他這樣的行為可以說是很傻，但在我眼裡，我覺得他反而比老大勇敢多了呢。」

提到那個在她心扉進駐的男人，君兒的眼神堅強得耀眼。

她接著說道：「當然，我可以看得出鬼先生對愛有極端的恐懼，所以我可以諒解他，但老大你可以諒解紫羽嗎？你能做好今天就算會被傷害的心理準備，在不期望紫羽回應你的同時，還能繼續為她這樣付出嗎？」

「會害怕受傷，就表示你還心存『期望』，而有了期望甚至是過大的期望，自然就會換來失望和絕望，然後讓自己傷心、讓自己退卻，讓原本美好的愛徹底變質……老大，給自己一個機會，放下你對紫羽的期望，然後觀察她會做出什麼樣的反應，或許你會因此發現驚喜喔。」

卡爾斯雙手抱胸，用以往未曾有過的認真神情審視的看著眼前的少女。對方的年齡可說根本不到他歲月的零頭位數，但她的心……該怎麼說呢？因為很是清澈清晰，也因為超越年齡的冷靜成熟，所以能夠用宏觀的角度去看待這件事。

君兒見卡爾斯面露肯定，更加自信的說了下去：「這就好比當你對一件事情沒有帶有任何期許，只是勤勤懇懇的努力去做，然後忽然有一天，這件事卻為你帶來了超乎預期的奇蹟——就因為沒有期望、不去限定結果會如何發生，所以才更能感覺這樣的驚喜。」

「哦，這我懂了！但如果結果不是開心，而是讓人心碎的話，那又如何？」卡爾斯繼續追問。

少女俏皮一笑：「當你沒了期望，自然也能坦然接受無論好壞的結局不是嗎？當你的期望越小越少，你會更能感覺原來自己擁有的越多。沒有期待，才是最好的期待……」

隨後她一陣感嘆，忍不住想起了過去爺爺說過的話。

「就像我爺爺說的，人之所以經常會失望，往往都是因為欲求過多，卻從來沒有關注自己擁有了多少。一個幸福的人會看見自己擁有了很多，一個不幸福的人看見的往往都是自己所沒有的。」

卡爾斯緘默不語，沉思了片刻以後，這才喃喃低語：「真羨慕能遇見妳的阿鬼……」

說不震驚是騙人的，尤其這番說得他心服口服的道理是從一位年齡才十五、六歲的少女口中說出，真讓他千年閱歷相形見絀。

不過這也不能怪他，因為他的母親早早就逝世了，能告訴他的不多。他是在因為喪妻而越發嚴苛消沉的父親指導下，這才接管了星盜團長一職，最後父親也撒手人寰，讓他只能在這樣殘酷危險的環境下艱困的求生。他身邊的人大多是不懂愛，或是只懂得掠奪與佔有的存在，諸如戰天

穹又或是羅剎，都是如此。

「我會試著放掉期望的。那妳呢?妳對阿鬼那傢伙存有期望嗎?」卡爾斯隨即反問，就想聽君兒怎樣回答。

「期望嗎?多少也是會有的，例如他得先坦承的面對自己，然後做好接受我心意的心理準備囉。」

君兒笑盈盈的說著，答案也讓卡爾斯啞然一笑。

「哈，多謝了。」他笑著擺手，簡單的道了聲謝，隨後便轉身離開了。

君兒站在門邊望著卡爾斯踏著輕快的腳步離開，心裡只有祝福。

畢竟不信任是感情中的大忌，一個沒處理好，可能會成為永久性的傷痕的。

＊＊＊

另一方面，紫羽在卡爾斯回來以後，總覺得他似乎又更黏人了?

「嗚……你、你做什麼啦?」她羞澀不已的推著那一回房就纏上她索吻的男人，同時緊繃小心的不讓他看到自己還留存在光腦畫面上的資料。

「沒有啊，我不能沒事親妳兩下？」卡爾斯樂呵呵的說著，眼神無比溫柔，看得紫羽有些心虛。

要知道，她剛剛還背著他計畫要把他要用來兌換贖金的大小姐全都救走，又想到卡爾斯因為信賴她，所以對她開放了戰艦光腦系統的所有權限——這樣算是背叛卡爾斯嗎？她心裡有些惶恐，深怕自己這樣做會讓卡爾斯心寒。

但心中此時卻賭氣的浮現了這麼一句話：「只是一個試探嘛，看卡爾斯能包容我到哪種程度。」她只是偏執的想要知道這件事而已，因為卡爾斯在她輸掉賭約之後，就再也沒有對她說出「那句話」，讓她總覺得有些心理不平衡。

他之所以對自己好，是不是因為他也愛她呢？還是說，這只是一種控制她的手段而已？

紫羽飄忽的眼神與緊繃的身子透露她的不安，她下意識的頻頻往系統那邊看去。明眼人必定知道有古怪，然而卡爾斯什麼也沒說，雖然他早在目光掠過的瞬間就知道內容了。

若是以前，他會暗記在心，既然紫羽要隱瞞他，他就索性像隻守著兔子的蟒蛇靜待獵物行動，然後用自己被背叛與不被信賴的憤慨，去反饋給這樣對待他的人——哪怕是他的女人也不例外。

然而今天一聽君兒這麼說，他忽然也能看出紫羽那惶恐不安之中，隱藏得極深、渴望得到他

的愛的期望。這讓他聯想到過去的自己，總是期望有一個人能夠愛自己，卻沒想到會有那麼一天，有這麼一個人會渴望得到自己的愛。

於是他原本的怨嘆不見了，看著她的回應，他發現了以往從未在對方身上觀察到的、驚喜有趣的一些小細節。

今天他第一次知道，原來紫羽說謊的模樣活像隻惴惴不安的發抖兔子，還有她會不敢看他的眼睛、會不經意的絞手指、下意識的耳根泛紅……他以前怎麼沒有發現原來她還有這麼多可愛的地方？

「……妳真可愛。」他略作感慨的一嘆，緊緊的將紫羽摟進懷裡，單純的享受溫香軟玉在懷的幸福感。

現在他才知道，能夠與人自由擁抱是多麼幸福的一件事，既然如此，他還有什麼好要求的？懷裡的女人已經是屬於自己的禁臠了，那他又何須惶恐太多。

「我我、我哪裡可愛了，你少貧嘴了……」不習慣被稱讚的紫羽再度羞紅了臉，被男人抱在懷裡逃不掉，她便索性靠在他厚實的胸膛上，聽著他也同樣變得飛快的心跳聲。

卡爾斯的溫柔，讓她差點就衝動的想將秘密全盤托出，但最後還是忍了下來。紫羽帶開話題：「卡爾斯哥哥，如果我有事情瞞著君兒，你想她知道以後會不會很生氣？」

紫羽刻意透過這樣的方式試探卡爾斯的反應，深怕他會在知道自己瞞著他進行某事以後會大發雷霆。

卡爾斯劍眉一豎，皮笑肉不笑的回應：「嗯？我想每個人都會生氣的吧，因為這表示妳不夠信任對方。」

「喔。」紫羽似乎聽出了卡爾斯的弦外之音，顯得有些悶悶不樂。

但卡爾斯接著繼續說：「但如果妳有什麼秘密是不希望被人知道的，我想君兒也會尊重妳的想法吧。」他微微嘆息，下巴抵住了紫羽的額心，不讓她看見自己眼中的失落。

那天卡爾斯對她極其溫柔，溫柔得讓紫羽的心都快被滿滿的愧疚給擊碎了。然而直到事情發生以前，她都沒能跟卡爾斯坦承一切。

Chapter 78

昇華

中了。

紫羽完全不知道，她自認為小心翼翼、精心謀略的計畫，早就徹底暴露在君兒和卡爾斯的眼中了。

這天，她算準卡爾斯有一場需要商議許久的漫長會議，便透過自己擁有的系統最高權限，悄然的調開了負責守備監管大小姐寢室的星盜們，同時她也第一次在只有自己的情況下，獨自溜出了房門。

「唷，這不是紫羽小姐嗎？難得見妳獨自出來散步，老大沒有派人照顧妳嗎？」一位路過的星盜嘻皮笑臉的說著，同時也不忘和紫羽保持距離——現在團裡都知道這膽小怕生的小女孩是老大的女人，再也沒人敢對她不敬。

紫羽卻因為星盜的問話而緊張的有些結巴：「對對、對啊，我要去找休斯頓爺爺——」話還沒說完，她就急急忙忙的跑開了。

星盜摸不著頭緒的對著紫羽飛快跑遠的背影大喊：「紫羽小姐，休斯頓的醫療室要往另一邊走才對！」

「我、我還有事要去找別人！」紫羽緊張回應，深怕別人發現她正在進行一個天大計畫。

見她已經跑遠了，那位星盜只是撓著頭，抬手翻出了自己的通訊卡片。他左右張望了一下，在確認紫羽已經跑得不見人影以後，這才撥通了通話，對著另一頭的對象說道：「老大，你女人開始行動囉。」

「嗯，讓君兒去看顧她吧。」卡爾斯在會議中撥空接通了手下撥來的傳訊，他早就授意手下如果看到紫羽有任何異狀就要回報他，看樣子紫羽已經開始行動了。

而另一方面，靈風接到了訊息，便回頭喊住了正在幫他遷移盆栽的君兒。

「笨蛋，妳那位笨蛋朋友開始動作囉，快去快去，省得她捅了大簍子讓人見笑。真是的，那隻癩皮小貓就只會增長體重，就不能多長些智慧嗎？這破綻百出的計畫小屁孩都能夠揭穿她！」

君兒輕嘆了聲，放下了手邊的工作，慢悠悠的離開了植栽室，準備前往目的地。她不疾不徐的模樣，像是絲毫不在意紫羽會闖出什麼彌天大禍一樣。

＊＊＊

紫羽緊張的在迴廊中穿行，憑著記憶力，她終於來到了那監禁大小姐們的電子大門之前。她早已經調開了守衛，也暫時讓監視的畫面停格，便大膽的使用自己的通行權限想進入其中。

磁卡鎖發出了通行許可的嗶嗶聲。

她平復了一番心情後，戰戰兢兢的打開了那扇通往大小姐所在的大門。

冰冷的鋼鐵牆面讓人感覺冷漠，那漫長的迴廊末端傳來了少女們嬉戲吵鬧的聲音，那些熟悉的嘻笑聲讓紫羽不自覺的感到害怕畏懼。過去她只要一聽這些聲音遠遠傳來，她總會躲得遠遠的，避開與那些大小姐正面接觸，然而今天她卻必須跟她們正面相對。

想到這，她不禁為自己的莽撞感到後悔，但她甩甩頭，告訴自己今天和以前不一樣了，她自認變得足夠堅強，能夠坦然面對那些傷害過她的人。而且今天她的身分可是救援者呢，至少她們看在自己前來幫助她們，多少也會留點面子吧？

然而，紫羽猜想中的大小姐們遭到極刑和嚴苛對待的畫面卻沒有出現。

當她走至迴廊底端，進入一處正方型的房間時，房間其中一面牆改製成一面寬敞的落地玻璃，透過那一面寬敞的透明牆面，她看見了星盜們為了監禁最高等級的商品而製造出來的華麗牢籠。

她這才恍然大悟，原來這裡跟皇甫世家並無兩樣，同樣都是她們的監牢，卻也同樣華麗。

少女們似乎一點危機感也沒有，正在那寬敞的大廳互相嬉鬧著。那面落地玻璃就像動物園的觀景窗一樣，讓她可以看見大小姐在裡面的互動。遠遠看進去，裡頭簡直就是個豪華飯店的內部。

她愣愣的站在那，對自己想像大小姐們會受到虐待，可事實卻是她們平安無事的情況，這樣天差地遠的現實感到愕然。

然後不知道過了多久，有位大小姐注意到了那一臉傻樣站在落地玻璃外發愣的紫羽——在認知到紫羽竟然是自由之身時，這些大小姐紛紛群聚落地玻璃前，面目猙獰的要紫羽放她們離開，同時還不忘逼問她為何會在這裡，還能這樣自由出入？

紫羽看著那在皇甫世家便已然熟悉的少女面孔，一張、兩張……星盜團總共綁架了五位大小姐，可以說是成果豐碩。只是少女們嬌柔的臉蛋上，此時猙獰的彷彿地獄裡爬出的妖魔一樣，好像就要隔著玻璃將她吞噬殆盡一樣。

「紫羽？！妳這個廢物為什麼會在這裡！」一位大小姐憤慨的拍打著那面透明牆面，氣惱至極的吼叫著。

那尖利的喊聲隔了一層玻璃傳了過來，聽起來就像惡魔的喊聲。

「喂，妳這廢物快放我們出去！是不是家族派人來救我們了？哈，我就說這些星盜不牢靠，沒想到這麼弱，一下就被制伏了！」也有人誤會了紫羽能夠前來的理由，面露喜悅瘋狂的如此說道。

雖然這裡和家族一樣富麗堂皇，卻終究不是她們熟悉的地方，天曉得那些星盜哪天會不會發失心瘋，不將她們拿去換贖金，而是強逼著她們成為禁臠？

「快點放我們出去！」

「妳這廢物，別傻在那，既然妳可以進來這，那妳一定也有辦法出去吧？」

「怎麼沒看到其他家族護衛？哦，是去抵擋星盜了嗎？那妳趕快放我們出去，誰知道那些護衛能擋多久，我們先逃出去再說！」

大小姐此起彼落的高喊聲讓紫羽聽得腦袋嗡嗡作響，只是，在聽見她們的說詞以後，也知道她們是誤會家族來人了，然而事實上這個救援隊只有她一個人。

救出她們之後該怎麼辦？

紫羽這才發現，自己因為一時衝動，竟然沒考慮到這點！

「我、我只有一個人……」

紫羽怯弱的這句話讓牆面另一頭的少女們止住了喊聲，各個都瞪大了眼，不可置信的看著她。

「哈哈！」有人乾笑出聲，「紫羽，我沒想到妳的幽默感還不錯呢。」

「我是說真的……這次我是一個人來救妳們的……」紫羽都快哭了，只是她還是忍住了淚，忍住了想逃跑的念頭，鼓起勇氣正視那些她從來不敢面對的女孩們。

「我會放妳們出去的！」她鼓勵自己，同時也想到自己這麼做可能會帶給卡爾斯更多的麻煩，可心裡卻也明白，她只是藉此來證明自己有那個能力值得得到卡爾斯的重視而已。

「……妳要怎麼救我們出去？妳說啊！」

一位以前最常欺負她的大小姐重重一拍落地玻璃。「碰」的一聲，將紫羽嚇了一跳。

「妳一個人要怎麼救出我們全部？逃生的路線妳準備好了嗎？逃跑的飛艇妳會駕駛嗎？有可以接應我們的人嗎？妳是傻了還是瘋了？要知道外頭可是一堆可怕又變態的星盜，要是一個沒弄好，搞不好我們都——」想到那個可怕下場，大小姐猛地變了臉色，最後憤恨的瞪了自由身的紫羽一眼，便不再言語。

所有人都沉默了，她們雖然驕縱卻不愚笨，紫羽就算放走了她們，但之後她們將會遭遇多少敵人？這裡可是星盜的大本營呢，怎麼可能說逃就逃得出去？

「妳為什麼會在這裡？」有人突來一問，然後瞇起美眸，審視的在紫羽身上掃來掃去。

「妳該不會已經被人當成禁臠強佔身子，所以才被准許這樣自由來去吧？唉唷，好髒喔，被那樣滿手染血的星盜玷汙，不過這還挺適合妳這個廢物的，不像我們更有價值，被好好的保護在這裡。」像是猜到了什麼，少女森冷一笑，語詞惡毒的字句刺痛了紫羽的心。

紫羽的臉色瞬間刷白，眼淚終於滑了下來，卻全是氣的。

「我才不是……被……我是自願的！」紫羽氣惱的辯駁出聲，只是她那梨花帶淚的模樣實在

很沒說服力。

那些被關押久了因而心情浮躁的大小姐們，像是逮到了新玩具一樣，開始對落地玻璃另一頭的紫羽冷嘲熱諷了起來。

「哈哈，廢物果然就要跟殺人犯配在一塊嘛，這樣多適合呀？」

「是啊，廢物果然就是廢物，跟我們這些高貴的存在完全不一樣，本來就應該活在垃圾堆裡的嘛！」

「欸，紫羽不是新娘子嗎？好可憐喔，才剛嫁出去就被綁走了，這是不是能用殘花敗柳這個詞來形容呢？嘖嘖。」

紫羽忽然感覺一陣頭暈，眼前那些她原本想要給予幫助的人，模樣怎麼變得模糊不清了呢？那迴盪在耳邊的嘲笑語詞，就好像被放大了無數倍，在腦海中不停迴響。

她愣愣的退了兩步，然後疲軟的坐倒在地，忽然對自己的所作所為感覺到愚蠢。

會不會君兒早就知道這些人是這個模樣，所以才對救援一事沒那麼熱衷？想到君兒那時已經跟她說得很明白了，但她卻絲毫不理會君兒的勸告……

她真的就跟君兒說的那樣，太天真了。

不知何時，少女們此起彼落的嘲笑聲停了下來，然後紫羽只感覺到肩頭按上了一隻溫暖的掌心，奇異的驅散了她心裡的負面情緒。

「沒事了。」是君兒的聲音。

「君兒……」紫羽回首，看見那正用一臉心疼和無奈表情看著自己的君兒，眼淚再度潰堤。

「對不起，我——」

「妳的對不起就留給老大吧。現在我還有事情要做，妳先冷靜一下再說。」

紫羽一愣，結巴問道：「卡爾斯他、他知道了？」

君兒回以一抹包容的寵溺眼神，平靜答道：「我們全都知道。」

這句話讓紫羽無力的軟倒在地，忽然覺得自己簡直是天底下最笨的大傻瓜。

而那些原本嘲笑紫羽嘲笑得很開心的大小姐們，在君兒無聲無息的自迴廊中走出時，就已經紛紛止住了呼吸，看著那張比過去更加驕傲自信的女孩容貌，不知怎的，讓人更加憎惡了起來。

尤其是雙方此刻的情境，一方被囚禁，另一方竟然還穿著與星盜類似款式的服裝——這其中，雙方的地位不言而喻。

君兒不是沒有聽到她們先前對紫羽所說的惡毒語詞，連帶也讓她的臉色更是冷冽。就像先前她們嘲笑紫羽一樣，她也開口回以反擊。

「怎麼？看到我們能夠自由的站在籠子面前，欣賞妳們醜惡的表演，覺得很驚訝嗎？」

一位少女抖著手，又驚又怒的指著君兒，怎樣也說不出一句完整的話來。

「妳們這兩個廢物……」有人就想開口咒罵，卻被君兒優雅又驕傲的笑容給愣得說不出後半句話。

那充斥著自信、驕傲以及無與倫比的優雅，徹底彰顯了君兒的成長。相較之下，她們這些不理智且不淑女的模樣，簡直就闡明了她們之間天與地的差距。

「我這個廢物得到了自由，而妳們呢？身在籠中還沾沾自喜，真是愚蠢至極。」

君兒像是巡邏領地的女王一樣，手負於身後，踏著挺直沉穩的步伐，在那面落地玻璃前冷淡的審視著後頭的女孩們。

「比如現在，心腸惡毒的妳們只是我所屬的星盜團掌控的囚犯而已；而我們可是得到了自由，可以自己決定想要學習的、喜歡的事物，可以自由的在這個世界探險遊歷，可以掌控自己的命運——」

見有人面露嫉妒，君兒燦爛一笑：「啊，也難怪呢，妳們的心腸如此骯髒，自然只能待在籠子裡等著出售給買下妳們後半生的買家，可能是滿腦肥腸的暴發戶，也或者是陰損變態的貴公子，他們將妳們當作洩欲和生育工具，玩弄妳們的身體和心靈，只需要妳們替他們誕下子嗣，然後就沒有利用價值了。」

少女們紛紛臉上浮現驚恐，顯然因為君兒的話語而對未來感覺到了不安。

「憑什麼？」一位以自私出了名的大小姐憤恨開口，她嫉妒的看著君兒和跪在地上哭泣的紫羽，神情貪婪且痛惡。

「憑什麼妳們兩個廢物可以得到自由？！那應該是屬於我們的東西！」

見不得別人好是自私之人最常見的品行，這點在大小姐中表露無遺。

「就憑我們的心！」君兒左手握拳，拇指一點心口，驕傲的挺直了背脊，問心無愧的將答案說出口。

「我從來沒有放棄自由的想法，哪怕外頭再危險可怕，我也一直都渴望著自由，所以我的心指引我創造了奇蹟！至於紫羽，她則擁有一顆善良的心，所以她得到了星盜老大的垂青，而這樣的她竟然還天真的想要幫助妳們逃脫，沒想到卻被毒蛇反咬一口！」

「我們的心為我們創造了現在，而妳們的心將妳們困在籠中。」

君兒輕哼一聲，將紫羽攙扶了起來，硬逼著她看向那面落地玻璃裡頭的大小姐們。她們此時正面露猙獰，氣惱的咒罵著她們兩人，然而那猛拍玻璃的舉止，此時竟讓人感覺滑稽。

「紫羽，妳看，這些人其實根本沒有辦法傷害妳。站起身，挺起胸膛來！從今天開始，將這些人醜陋的面目自回憶裡忘記！她們已經不值得妳恐懼了，妳已經變得足夠堅強，才會讓妳今天

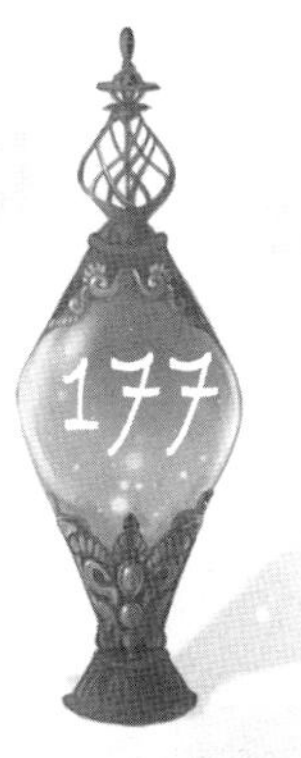

有機會站在這裡，而不是被關在裡面！」

君兒嚴厲的語詞讓紫羽止住了淚，她怔怔的抬起頭，看向那面玻璃，又側頭看了神情堅毅的君兒一眼，心中再度湧現勇氣。

她緊握雙拳，抹去了眼角的淚花，顫抖著身子，卻也是驕傲的挺直背脊。

是啊，她有什麼好怕的？如果她們的選擇讓她們分別站到了籠裡籠外，她又何須畏懼那些只懂得張牙舞爪，卻沒能耐踏出牢籠的人呢？

只是，紫羽隨後卻做出了讓君兒和所有人訝異的舉動。

「謝謝妳們！」

紫羽竟然對那些曾經傷害過她的大小姐說出感謝！

「謝謝妳們讓我學到了這麼寶貴的一課，從今以後我不會再害怕了，我要和君兒一樣勇敢的堅強下去。我絕對不要成為像妳們一樣的人！」

這樣的反面教材讓紫羽大徹大悟，明白了原來過去自己畏懼的一切其實並不可怕，真正可怕的是沒了自己，只懂得被飼料餵養，忘了自己還有飛翔的能力！

君兒看著又開始哭起來的紫羽，忽然很佩服她。能夠在這樣的情況對曾經傷害過自己的人言述感謝，其實紫羽比她勇敢多了。

「紫羽，妳真的很棒。我們走吧，這裡已經沒必要再待下去了。」她最後看了那些在震驚後仍在拍著玻璃咒罵的女孩們，唇邊彎起了一抹微笑。

「小心哦，真正可怕的在後頭。」她低聲的說著，攙扶著紫羽離開了。

就在她們離開後沒多久，星盜們擁護著一位擁有娃娃臉外表的秀氣男子走了進來，男子臉上掛著無比炫爛的笑容，此時卻只讓人感覺到深刻的恐懼……

Chapter 79

一輩子的課題

就在君兒要送紫羽回房之前，紫羽惴惴不安的扯住了她的衣角，怎樣也不肯再往前走。她眼眶因為哭泣而泛紅，小臉上寫滿了惶恐。

「君兒，妳說卡爾斯他會不會生氣？」

紫羽喃喃問著，換來君兒無奈一笑。

「妳覺得，他聽到那些人這樣罵妳，能不生氣嗎？」

紫羽一愣，臉色登時變得更加蒼白了。這表示卡爾斯從頭到尾都看到了？她面露探詢，見君兒輕輕頷首，便頹然的垂下雙肩，粉唇一扁，眼淚又滴滴答答的落下。

「他一定覺得我很蠢。嗚……君兒我不要回去啦，我要去妳那裡。」她一手抹著眼淚，一手死死揪著君兒的衣服，怎樣也不肯回去自己的房間，就怕見到卡爾斯。

君兒揉了揉太陽穴，只好莫可奈何的將紫羽帶回了自己的房間，等待卡爾斯將她接回去。

＊＊＊

原本監禁大小姐的區域沒了喧譁，只剩下瓷製的茶壺輕碰瓷杯的清脆響聲。

卡爾斯饒有興致的領著一票手下，悠閒自得的進入了監禁區，落坐在落地玻璃內部的舒適沙發上。一旁機靈的手下正替他倒茶，幾名魁梧的手下則是呈扇形站在他的身後。

而那些原本張牙舞爪的大小姐們，此時正狼狽的擠在這大空間裡的某一角，雖然她們想逃回各自的寢室，但偏偏來人一開始就使用光腦系統將房門徹底鎖死，讓她們只能像要被宰割的羔羊一樣，驚恐萬分的等待結局。

「這茶……真他X的難喝，一點味道都沒有。」卡爾斯最後嫌棄的開口，不解這些女孩子為何這麼喜歡這種平淡無味的茶飲。隨後，他冷漠的看向那些互相推擠的女孩們，冷冷一笑。

「我好心把妳們當寵物養在這，卻想不到我以為無害的小動物竟然心腸如此狠毒，竟把我可愛的小羽毛給嚇哭了。」

卡爾斯有些懊惱，顯然也沒想到這些接受過良好教育的大小姐竟然口舌如此犀利，她們先前咒罵紫羽的惡毒語詞，讓早早就下令監控此處的卡爾斯聽得目瞪口呆，震驚的不能自已。同時，也因為紫羽受到的精神傷害而升起了狂猛的怒火。

「我現在才知道什麼叫『金玉其外，敗絮其中』，妳們還真是完美的闡述了這個詞彙。君兒那丫頭跟妳們比起來，更像一位受過良好教育的優雅淑女。」他語不帶髒字的出言嘲笑，氣得大小姐們各個神情鐵青，卻不敢反駁。

「我也沒時間跟妳們玩遊戲了，剛剛妳們都罵過紫羽吧？對，尤其是妳！」卡爾斯直指一位

少女。

那名被點名的少女，臉色在青紅白之間不停轉換，最後停格在蒼白之上。

卡爾斯冷酷的掃了那名少女一眼，說道：「看樣子，妳們從以前就是一直這樣用言語傷害別人吧？不過我今天懶得教訓妳們，更沒興趣動手打女人，所以妳們全部的人都互相賞同伴一千個巴掌吧。而至於妳呢，剛剛不是罵紫羽罵得很愉快嗎？那就由妳們其他四位大小姐各自打她個一千巴掌。記住，要用力打，若是力道弱了，就全部從頭來過。」

那位被指名的少女臉色鐵青，對目光紛紛望向她的同伴投以憤恨的眼神，就像是在用眼神威嚇她們一樣。

而卡爾斯看到這一幕只是冷酷一笑，說出了最後通牒：「不願意打的人，那就永遠留下來給我單身的手下當老婆吧。」

於是，所有少女的臉色紛紛變了，變得自私、變得瘋狂。卡爾斯這招離間計確實發揮了作用，相信這些大小姐之後便沒辦法像過去那樣親近團結了，這樣的心靈傷害，哪怕回到家族後也是一樣，甚至還有可能因此結仇——這就是他要的。

對付敵人有時候不用見血，動點心思就能讓人徹底決裂。

隨後卡爾斯一個彈指，身後的手下就了然的走到了大小姐們的面前。

「嗯，沒打完之前禁止她們用餐，打完以後將對待她們的規格調至最低。我的女人善心大發要來幫助妳們，我還在想說如果她真的能救出妳們，就暗中配合她的計畫安排妳們離開的，但可惜……妳們自己葬送了逃跑的機會。」卡爾斯感嘆了聲，擺手示意手下開始工作，自己則是隻身一人離開。

手下的吆喝聲遠遠傳了過來，伴隨而來的還有少女的哭喊與巴掌落在臉頰上的清脆響聲。殘忍嗎？不，這對他而言已經是最輕微的處罰了，要是過去，這些女孩們早就成了手下們玩弄的殘破娃娃了。

「發什麼呆？還不快打！」

現在的他心裡的怒氣還沒消，因為紫羽瞞著他做出這些事情的怒氣。她的不信任讓他感覺受傷，然而心裡同時還有另一種情緒在翻攪——那是名為心疼的情緒。

紫羽和君兒過去就是一直處在這樣的環境中嗎？也難怪紫羽會那麼懦弱，君兒會這般堅強。這極端對比的兩人，言明了她們過去遭遇的事情有多麼惡劣。

想起在監看現場時，紫羽被咒罵時臉上的蒼白，他不由得又加快了腳步，只想將她摟進懷裡好生安慰。

卡爾斯沒回房。他知道以紫羽的性格，此時一定又躲去君兒那了，恨不得在自己背上插上翅

膀飛過去，再不然就是實力再提升點，能夠瞬間移動就好了——此時的卡爾斯竟然埋怨起自己的實力不足，讓他白白浪費這麼多的時間！

＊＊＊

很快的，卡爾斯終於來到君兒的房前。他敲了敲君兒的房門，君兒便躡著腳步走了出來。她面露擔憂的望著臉色頗差的卡爾斯。

「老大，你應該沒有把那些大小姐給……了吧？」君兒比了個割喉的動作，眼神嚴肅的可以。

卡爾斯回了一抹白眼，輕聲回答：「活人可比死人值錢多了。」

君兒鬆了口氣，還以為卡爾斯會因為先前大小姐的惡毒言語而把她們怎樣了呢。

不過君兒還是錯估了卡爾斯的怒氣，哪怕他沒有親自動手，但那樣的處罰也足夠大小姐們身心受創了的。

想想驕縱的大小姐必須在那互甩巴掌，還被星盜在一旁吆喝、觀望，面子在丟得一乾二淨的同時，友情什麼的也都徹底破滅了。

卡爾斯無聲的走進房，靜靜的看了趴在君兒床上的少女一眼，輕巧的將彎身將她抱起，就像第一次他將她帶回房裡一樣的溫柔。

紫羽早在房門打開那時就醒了，只是她懦弱的不想面對卡爾斯，繼續佯裝熟睡。然而卡爾斯又怎麼可能不懂呢？以他的感官早就捕捉到紫羽在他踏入房門那時瞬間加快的心音，但他沒有揭穿她。

直到兩人回到房裡，卡爾斯將紫羽輕巧的放回床上，卻沒打算迴避她，也緊跟著上了床。

「別再裝了，再裝就不像了。」卡爾斯語氣平淡的說，側躺在紫羽身邊，一手把玩著她散落的髮絲。

紫羽一扁粉唇，卻是雙手掩面，背了過去。

久久之後，她才聲音細弱，怯生生的問著：「……你不生氣嗎？」跟她預想的情況不同，她以為卡爾斯會責備她、會對她大吼……總之，一切的可能性她都想過了，就是沒想到卡爾斯會那麼平靜。

「妳有事瞞著我，我能不生氣嗎？」

紫羽縮了縮身子，像是這樣能帶給自己安全感一樣。很快的又傳出低低的抽泣聲。

卡爾斯不像以往那樣會溫柔的出聲哄慰她，而是在沉默片刻以後，問起了跟紫羽在意的事情截然不同的話題。

「她們以前都是這樣對妳的？」

紫羽沒有回答，只是輕輕顫了顫身子。

紫羽不用回答，卡爾斯就確定了自己的猜想。隨後他一個嘆息，直接將紫羽撈回懷裡，強硬的將她無聲淚流的小臉按進胸膛。

「乖，以後不會再有這種事情發生了，我不會再讓妳受到傷害的。」

他氣惱的安慰著紫羽，卻不是對紫羽生氣，而是氣自己沒考慮到紫羽會遭遇這樣的事情。他還記得她當時被人罵呆了的小臉，臉蒼白的就好像要消失了一樣，但好在君兒及時趕來，鼓勵她走過了心裡的障礙。

被卡爾斯抱在懷裡，紫羽忍不住又開始哭了起來，只是這一次她沒有再想掙開這讓她感覺安心的懷抱。

「對不起……嗚嗚，對不起——我瞞著你沒跟你談過這件事，就自己自不量力的去救她們，我沒有想到事情會變成這樣，我只是想要證明自己有那個能力值得你重視，我不想一直當一個被豢養的拖油瓶……」

紫羽邊哭邊說出了自己真正的想法，同時也對自己違背了卡爾斯的信賴感到無比慚愧。

「你一定覺得我很蠢對不對？我讓你失望了。對不起，請你不要生氣——」

難得的，一向都處於被動方的紫羽，這一次主動偎進卡爾斯懷裡，就怕他會因此討厭自己。

而卡爾斯則是因為她這副戰戰兢兢的模樣，火氣早就換成心軟心疼了，哪還有心情責備她？

也確實，紫羽也在這一次的事件中，讓他看見了她不為人知的一面。跟君兒一樣，他對紫羽竟然能對傷害過自己的人道謝一事感到震驚，同時也有種欣慰和自豪的感受——他竟然對紫羽這樣的天真單純引以為榮！

他從沒想過，當自己一無所求，只是單純的享受擁有她的感覺以後，居然真的得到了那麼多喜悅！

不過想了想，他還是不打算這麼快就原諒紫羽，要是縱容她一而再、再而三的隱瞞他事情，這日子還要不要過了？

「這一次我是真的很生氣。」卡爾斯試圖用冷酷的語氣說話，然而當話說出口，卻是一種夾雜著無奈和寵溺的嗓音。

紫羽嬌軀一震，哭聲未止。

「只是，我還是希望妳有什麼事情可以直接找我談談。當然，我會允許妳保留隱私。可是像

這種事，妳完全可以敞開心胸跟我討論一下的，我們可以溝通出一個雙方都滿意的方案，這樣不是很好嗎？是不是我還不夠好，所以妳才不能夠相信我呢？」

說到最後，卡爾斯的語氣滿是自嘲，他不理會紫羽自懷中抬起的訝異臉龐，而是一個勁的說了下去。

「也是，我一個雙手沾滿血腥的星盜，又是天生帶毒、噁心的劇毒之體，配不上妳這位嬌貴的大小姐是一定的……」

紫羽注意到卡爾斯正用一種無奈又哀傷的眼神望著她，一時間，原本的懦弱和膽怯全不見了，她馬上出言反駁：「才不是這樣呢！」

「卡爾斯最好了！」她鼓起勇氣繼續說：「是我自己太沒用，沒辦法把事情辦好，沒辦法讓你可以多喜歡我一點點……」她抬手掩住緋紅的臉頰，羞澀又慚愧的說著。

卡爾斯攬著她的腰際，拉下了她遮掩臉龐的小手，直勾勾的望著那張能夠讓他心生柔軟的小臉。

「那妳可以多試著信賴我一點，我喜歡妳依賴我。」

「那……如果我多信賴你一些些，你可以多喜歡我一點嗎？」紫羽怯生生的問著，那淚眼汪汪的模樣完全能夠激起男人的保護欲，某位深受她影響的男人自然也不例外。

卡爾斯揚起一抹爽朗笑顏，逗弄似的掐了掐她哭得紅通通鼻頭，調笑說道：「說妳傻還真的很傻，笨死了！如果我不喜歡妳，又何必對妳好呢？」

「我呀，之前跟君兒聊了一些事，現在才終於明白了，原來——我根本不懂愛。」他輕靠在紫羽耳邊，說出了那讓她驚訝萬分的句子。

「妳會不會覺得我很傻？」卡爾斯苦笑，「因為我竟然還不能肯定我對妳的感覺是不是愛情。從以前到現在，都沒有人告訴我愛是怎麼一回事，但是為了妳，我願意學如何去愛一個人。」

紫羽輕咬下唇，心裡因為卡爾斯的這個答案而有些酸楚，卻也有些欣喜。這是否表示著卡爾斯總有一天也能對自己說出那讓她魂牽夢縈的話語呢？

「我們一起學習。」紫羽終於破涕為笑，其實她也是第一次愛上一個人，第一次有這種希望能夠跟對方攜手一生的念頭呢。

所以他們有很多可以學的呢，可以花上一輩子去學！

Chapter 80

出乎預料的考題

「和好了？」君兒促狹的笑著，讓紫羽羞紅了小臉。

她輕輕點頭，心裡全是因為卡爾斯那日的坦白而泛著甜意。或許他還不是真的愛上自己，但她此刻卻對未來充滿了希望。

君兒呵呵一笑，抬手摸了摸紫羽的腦袋，這一次紫羽就不像上次生氣時那樣避開她了。

「結果老大還是打算把那些大小姐拿去換贖金嗎？」君兒望向某處，語氣平靜的問，像是早就知道會有這樣的結果一樣。

「嗯，畢竟星盜團營運也是需要經費的嘛，而且那也是她們自己選擇的……」紫羽有些難過。

能說出這番話也代表紫羽稍稍有點成熟了，君兒在訝異之餘，嘴邊也浮現了欣慰的微笑。

她們兩人站在可以眺望戰艦外的觀景窗前，默默的觀察艦外，星盜們與大世家之間的交易——卡爾斯在抵達冥王星前之前，用那些皇甫大小姐們和各大世家談了幾筆「買賣」。

只不過，雖然消息放了出去，但皇甫世家似乎因為麻煩事纏身，而沒有前來贖走大小姐，連同盟對象慕容世家也都沒有出現。這可造福了那些一向覬覦皇甫世家天賦的家族們風風火火趕來，然後各自競價拍賣。

紫羽小臉上有著難過，卻只是平靜的看著這殘酷的一幕發生。過去的她一定會傻傻的希望自己能夠幫助那些曾經相處過的女孩們，直到之前的事件，她這才明白原來那些人並不需要自由，她們要的只是平順奢侈的生活而已。

「唉，這個時候就會覺得很無力呢。」紫羽感嘆的說著，她希望能幫助她們，然而卻偏偏不是她們所要的選擇。

「紫羽，我們和她們都沒有錯。因為那是她們自己的選擇。我們已經盡力去幫助她們了，但她們還是寧願放縱自己身陷漩渦，我們也沒辦法說什麼。畢竟那是她們的人生，得自己負起全部的責任，沒人能代替她們活，她們只能自己承受這種選擇帶來的後果。」君兒平靜的講述事實。

這確實也是真理，於是紫羽沉默了。

「別把別人的人生背在自己身上，那沒有意義，妳只需要對自己負責就好。」君兒溫柔的又拍了拍紫羽的腦袋，然後伸展因為長時間趴在書桌前學習因而緊繃的身子。

「等等就要考草藥學了，希望這一次能得到靈風的認同！」君兒精神奕奕的握著拳，自信活力的說著。

這段旅程說長不長，她們卻也在宇宙中航行幾個月了，那段待在皇甫世家的時間都快漸漸淡忘了，此時她們才感覺到自己是真正的活了過來。沒有任何人的逼迫，沒有任何的限制與條規，在這裡她們是自由的，為了自己的願望而努力成長著。

「緋凰她們這個時間已經抵達新界了吧?君兒妳可別輸給她囉!」紫羽也因為距離新界不遠而顯得雀躍,想起了緋凰在前往新界前最後留給君兒的挑戰書,讓她看向君兒的目光不禁帶上了笑意。

「希望兩年以後我們再次見面時,能夠驕傲的分享我們各自的成長——君兒,到時候我可是絕對不會輸給妳的!還有,等妳和鬼先生的好消息哦,妳可別再傻乎乎的不知道他對妳的好了,看得我們這些好友都因為妳的遲鈍想為鬼先生大感不值了呢。祝鵬程萬里。」

這便是緋凰最後留下的訊息。

這時聽紫羽提起,君兒也難得尷尬的臊紅了臉。緋凰並不知道她已明白自己心意的事,只是被朋友這樣直白的提醒,讓她有種羞愧的感覺。

鬼先生對她的關心與情感,連局外人的緋凰都看出來了,她這個當事人偏偏還是很久以後才懂,但還好她終於明白了,便會小心珍惜這份感情。

「兩年啊……」君兒感慨著。她想起了卡爾斯告訴過她的,在抵達新界以後,鬼先生就會悄然離去的消息。但他既然不願意見她,她也會尊重他的想法,哪怕相思早因為逼近的別離時間而開始蔓延。

明知他就在身邊,卻得佯裝不知道的感受,這滋味可比檸檬還酸呢……

手輕輕抵在心口，那兒正微微泛疼。君兒卻也明白，這不是她撒嬌任性的時候，哪怕累了、受傷了，也得等到兩年以後，才能好好的跟那個人傾訴自己的心情與想念。

然而，又想到卡爾斯轉述關於鬼先生近況不太好的事，君兒柳眉便微微輕蹙，面露擔憂。隱約間，她猜到鬼先生的狀況跟她有關，或者該說跟「噬魂」有極其密切的關聯。不過這件事情她還有太多的不明白，自然也沒辦法替鬼先生做些什麼，只能在心裡徒擔憂。

「唉……」她輕輕嘆息，旋即便恢復了精神。輕拍了拍頰畔藉此鼓勵自己，至少在離別前她要讓鬼先生知道她過得很好才行，讓鬼先生可以安心離開。

「好了，我要去找靈風了。紫羽妳要繼續待在這等老大嗎？」君兒看向正在一旁位置上捧腮發呆的紫羽，抬手在她面前揮了揮，這才讓紫羽回過神來。

「我要等卡爾斯，君兒妳去忙吧，要加油哦！一定要給靈風見識見識妳的厲害，證明妳有那個能耐！」紫羽揮舞著小拳頭，為君兒加油打氣。

兩人相視一笑，便各自道別。

＊＊＊

君兒來到植栽室的大門前，雖然這段時間不斷往來此處，卻是第一次有這種緊張感。這關係到她的未來，她自認自己已經準備好了，也把精氣神調整到最佳狀態，但還是忍不住會緊張。

當她踏進植栽室，靈風早就在等她了。他慵懶的躺臥在老地方，手背在腦後，見君兒到來，這才滿意的輕輕頷首，卻是語出嘲弄：「提早了十分鐘，妳就不能準時來讓我可以多休息一會嗎？要知道打擾別人休息可會遭天罰的哦。」

君兒腳步一陣踉蹌，從來沒有聽說早到還被人嫌棄的，卻偏偏給她遇上了一個。

「你這個人就不能正經點嗎？」君兒頭疼的皺著眉心，只覺得這段時間的皺眉次數，都快可以比上她十六年人生的皺眉總次數了。

靈風嘴邊有著一抹惡作劇成功的笑弧，卻是聳肩。

「至少妳心情輕鬆一點了吧。」

君兒一愣，確實因為靈風這樣一鬧，原先緊張的心情也遽然消散了。

「我該說感謝嗎？」

「妳的謝謝我就大方收下了。」

君兒再一次因為靈風這樣自我感覺良好而大翻白眼，卻也因此啞然失笑，終於能用輕鬆平靜的態度面對這一次的考驗了。

見君兒調整好狀態，靈風從樹邊站起。當他拍落身上的落葉時，同時也說出了這一次的考題。內容卻讓君兒大感意外。

「我的要求不高，妳就隨便挑十五種草藥，解釋一下作物的生長環境、培育指南還有藥用價值就好，說得出來就算妳合格了。」

「……就這樣？」

君兒很是訝異，她環望了這間植栽室一眼。在這段工作的時間裡，自然也知道這寬敞的空間裡頭，至少種植了超過一千種以上極其複雜的各式植物，她原以為總愛刁難她的靈風，多少也會要她背出半數以上的植物資訊才對，沒想到竟然這麼的……簡單？

靈風看著君兒訝異的表情，薄嘴一撇，皮笑肉不笑的反問：「不然呢？該不會妳以為我多少也會要妳背出幾百來株植物的介紹和資料？在妳心中我就這麼沒有師德嗎？！」

……你有嗎？君兒真的很想問出口，不過還是明智的保持沉默。

「還發什麼呆？再不開始我就要加倍了！」

在靈風的催促下，君兒才開始認真起來。

當然，靈風的要求實在太簡單了，這對她來說簡直是手到擒來的容易事。不過這也同時反應著她對自己的嚴苛，畢竟她可是以完全記憶為合格標準在努力苦讀的，那艱澀的草藥學用詞、相

似卻又不同而難以辨認的作物品種……等等的知識，艱深的讓她倍感吃力，但想她在皇甫世家也是這樣過來的，努力和堅持是她能夠撐到最後的主因。

雖然多少還是會有所遺漏，但至少她已經盡了全力去努力了。

靈風靜靜的聽著君兒的講述，有些心不在焉。其實他本來就想讓君兒過關了，真正的考驗並不是這些附加的草藥學知識，而是君兒對這件事的認真程度——她的努力他都看在眼裡，在予以肯定的同時也漸漸認同了她。

因此，他對指導她的抗拒也越來越少了。但君兒距離他心中的目標還有一段路要走，所以他暫時還不打算指導她更深層次的符文技巧。

「嗯，妳合格了。」靈風似乎早就知道君兒一定能通過一樣，表現的十分平靜。

只是這個字詞落在君兒耳裡，卻有種恍如夢境的不真實感，因為這個「合格」得來的實在太過容易，讓她有些不敢置信。比起靈風以前的刁難，這次一反常態的容易，讓她困惑的望著靈風，只覺得他似乎別有用心。

「妳現在對我那一櫃書的內容記下了幾成？」靈風突然問道。

「嗯，大概五成左右吧？」君兒保守估計，這是排除了大部分她不是那麼肯定答案的最後計數。

靈風聽到這個數據，終於苦笑出聲：「才花了三個月就記了那麼多，妳知道我花了多少年才把這些全部記下來嗎？嗯，不多，大概就兩年左右吧……這還是被我哥哥硬逼著學習才拚出來的成果。」

「呃……」君兒對此倍感無言，也難怪靈風的要求那麼低。

「其實看妳那麼認真我就想讓妳通過考驗了，不過既然妳也那麼認真的面對考試，我也不好意思讓妳的一番心意白費。」

靈風笑嘻嘻的回道，聽得君兒頹然的耷拉肩頭，有些哭笑不得。

「好啦，既然這樣我就勉為其難收妳這個笨蛋為徒吧。」

「不是說好，靈風如果認同我的話就要叫我名字，不喊笨蛋了嗎？」聽到仍舊沒有改變的稱呼，君兒微微皺眉，顯得很是困擾。

靈風卻是隨性的伸著懶腰，打了個大哈欠，不以為意的回道：「我收妳為徒可不代表我認同妳了啊！妳是不是誤會什麼了？」

君兒大嘆了聲，知道要跟靈風辯解這些太浪費精神，誰叫這男人總是可以說出一堆令人啞口無言的藉口讓人退敗。

靈風嘿嘿一笑：「好啦，我就不逗妳了。」

他做了一個紳士的脫帽禮節，只是因為頭上沒帽子，憑空抓拿的動作逗樂了君兒。可隨後，靈風的臉色變得嚴肅正經，說出來的話也讓君兒臉上的笑意消融了。

「……我是『靈風．影翼』，屬於星星魔女的右翼騎士。眼有星星的魔女君兒，之後也請多多指教了。」

聽靈風這樣坦承了自己的身分，君兒只是嘆息，眼神浮現複雜的情緒。

「我真的是靈風族群傳言中的那位『魔女』嗎？」君兒不敢相信自己身上竟肩負了這般沉重的命運。大多時間她都不會讓自己去想到和「魔女」這個字詞有關的事，因為那會讓她感覺自己既無力又脆弱。

聽靈風說，鬼先生遲早也會知道她的身分，但等到那個時候，他會怎樣看待自己呢？身為人類守護神之一的他，會將可能會帶來災難的自己視作敵人，還是……？

靈風嚴肅的臉龐上難得沒了笑意，他走近君兒，在她面前抬起了自己的右手──就在那麼一瞬間，君兒看見了靈風右手背上那華麗的半翼圖騰亮起了光輝，隨即她額心一痛，自己那未曾主動有過反應的額心圖騰竟然不由自主的與之產生共鳴！

君兒感覺到靈風的圖騰傳來了一抹熟悉又陌生的力量，讓她腦海不經意的掠過那在夢境中見過的紫紅色眼眸女性。

就在靈風收回手以後，君兒額上因為浮現圖騰的熱燙感也漸漸退去，但她卻感覺有些頭暈，好像一瞬間腦海接收了過量的資訊一樣，讓腦袋有些脹疼。

「果然，現在的妳還不能承載完整的契約，看樣子還是得等妳再提升一階的實力才有辦法吧。」靈風略作感嘆的說道，邊將君兒攙扶到他平常午睡的樹底下，讓她靠在那粗糙的樹木枝幹旁休息。

君兒落坐後，看著站起身子的靈風，不經意的看見了他遮掩在髮絲底下的臉龐。那沒有看向她的眼，跟她一樣是純粹的黑色，儘管她先前臆測連連，但在肯定了答案以後，心還是忍不住加快了跳動。

「我真的和靈風沒有血緣關係嗎？我真的不能相信我們不是同一族的人。」她喃喃的問著，雖然靈風已經給出了答案，但她的心裡仍舊存有一絲期待。

「我和妳確實沒有血緣關係，而我和我哥哥之所以會成為魔女的騎士，也不過是……一場交易而已。」靈風苦笑，小心的壓了壓自己的瀏海，深怕君兒看出什麼來。

「交易」一詞讓君兒感覺有些受傷，這讓她忽然認知到，靈風其實並不是自願成為騎士，所以才會這般抗拒接近她的事實。

方才轉瞬間閃過她腦海的畫面，那女人的紫紅色眼眸，讓她想起更早之前，她被母親與兄長

寵愛的記憶。

「跟靈風族群交易的人，是不是一位有著紫紅色眼睛，黑色頭髮的女人？」她略顯急促的問著，眼裡寫滿極欲得知解答的焦躁。

靈風在聽聞她的問句以後變得面無表情，君兒更是因為他的周身氣場遽然變得寒冷而輕輕顫抖了幾下。

「妳猜得沒錯……那是另一位魔女。奪走妳前世魔女之力的另一位魔女。」

Chapter 81

靈魂之傷

靈風的答案讓君兒頭更暈了。

掠奪力量……這是什麼意思？

在那場屬於牧辰星的記憶中，那名和另一位男性奪走她性命的女性，不正是牧辰星的親姊姊嗎？她的姊姊奪走了她的力量？！然後那個人，還可能是她涙君兒的母親？！

這到底是怎麼一回事？他們為何要這麼做？靈風跟魔女之間的交易又是什麼？

一連串的疑問讓君兒思緒陷入一片混沌，久違的頭顱劇痛感再度來襲，卻是她每年固定時間會發作的頭痛病又犯了。

靈風臉上的平靜，無言的表明他早知會發生這種事情。這一天的考核日也是他刻意選定的時間……因為根據那位魔女留給他和靜刃的契約，裡頭便包含有關於魔女牧辰星以及轉世的君兒相關的記憶。

君兒頭痛病發作的時間，正對應著過去牧辰星死去的日子——也就是說，這天是牧辰星的喪日！

這樣的疼痛會一直持續到牧辰星喪日後的十五日，因為這最後的十五天，是那位掠奪力量的魔女，從牧辰星靈魂中抽出魔女核心之力所耗費的時間。

前世靈魂留下的傷痛一直留到了這一次的輪迴，以劇烈頭痛的方式呈現。

看著君兒疼痛難耐的模樣，靈風忽然很是同情。這承載著「魔女」之名的少女身上背負了太多，也難怪哥哥會說魔女是悲哀的存在了。

「沒事的，妳先睡一下，醒來就會好一點了。」靈風溫柔的低語，手邊開始憑空畫起了符文的字樣，讓君兒受創的靈魂能夠進入熟睡，藉此減緩身體的痛楚。

靈風沒有說出口的是，如果他們完善了他這半翼的契約，他就能夠替君兒承擔一半的痛楚，若是連靜刃那部分的契約也完成，君兒靈魂的傷口就能透過他們的靈魂力量而逐漸癒合。

可那一日，怕是等不到了。

「時間不多了呀……魔女為了妳而創造出來的靈魂契約已經失效了，哥哥他也已經……唉，現在這個世界唯一能救妳的，只剩下那兩個重要關鍵了。」

這段話，陷入沉睡的君兒卻是沒能聽見了。

＊＊＊

「什麼？君兒她頭痛又犯了！」

紫羽接到君兒被送到醫療室的消息以後，震驚又擔憂不已。

然而休斯頓卻怎樣也檢測出不出君兒到底有什麼毛病。

「她以前也有類似的狀況發生？」休斯頓自一堆檢測儀器中抬起頭來，訝異的看向如此驚呼的紫羽。

「嗯，君兒在皇甫世家時，每年固定時間都會發作一次，聽她說這是她從小到大的老毛病了，連皇甫世家用了最高規格的醫療檢測，全都測不出個所以然來，大家都束手無策，可君兒最後總會沒事，這件事也不了了之。」

紫羽看著病床上昏迷的君兒，噘著小嘴差點就要哭出來了。去年君兒發作的時候，她都快嚇死了，今年又一如往常的發生了，她該感謝還好當時計畫逃跑的時間，正巧錯過君兒的發作期嗎？

卡爾斯在不久後也來到醫療室，對君兒的突來昏迷表達關切。然後就這麼突然的，病房裡突兀的出現了戰天穹的身影，也因為他如鬼魅般的出現方式，讓紫羽嚇得差點就要尖叫出聲，還是被卡爾斯摀住嘴才沒能叫出來。

「阿鬼，君兒每年都會這樣發作，你就不覺得很奇怪嗎？」卡爾斯微微皺眉，看著那神色暗藏擔憂的男人，說出了自己的猜測：「通常如果不是身體的傷勢，大多會是因為靈魂受傷了。可君兒又沒有上過戰場，在原界長大的她也不可能遭遇能夠重傷到靈魂的強者，那她的靈魂傷勢究竟是怎麼出現的？」

卡爾斯在知道詳細經過以後說出了自己的想法，君兒這很明顯是靈魂的傷勢——但卻出現的太讓人不能理解了。尋常人或許會有一些大大小小，得不出解釋的毛病，那通常大多與靈魂有密切的關聯，然而「靈魂」一直是人類科學中從來沒能得到解答的終極謎題，這也使得靈魂始終是個神秘又充滿未知的議題。

只是君兒這樣的反應太嚴重了，她的靈魂到底是傷得多重，才會如此劇烈的反應在身體上？

「……我知道，我也知道為什麼。」戰天穹苦悶的開口，卻不打算說出君兒受傷的理由。

就在君兒發作的那瞬間，他也同時感知到了，然而他原本以為壓制住的噬魂，也在他鬆懈心神的剎那突破了內心封印，將君兒真正受傷的理由說了出來。

他過去多少也猜想到君兒的這毛病是源自於靈魂，卻沒想到這傷勢竟是如此得來的……被自己的姊姊，在死去以後還從靈魂挖走了魔女的核心力量嗎？那段記憶噬魂也是模糊不清，卻深切的記得那時他還擔當著傷害牧辰星的工具。

戰天穹細數君兒實際發作的時間，正巧也與噬魂說的那樣完全符合——接連十五日靈魂都遭受可說是最慘烈的酷刑，要挖出靈魂力量的本源，還必須保留下靈魂的本體，當時執行這件事的人可說是既殘忍又無與倫比的強大。

「這段時間君兒的狀況會時好時壞，最好有人在她身邊顧著，不然她隨時都有可能因為劇痛而昏迷……」

戰天穹的目光看往送君兒來醫療室的靈風身上，後者靠在病房內的一側牆面，在感覺到戰天穹的冷冽注視以後，這才苦笑出聲，乾脆一攤雙手。

「好啦，這段時間讓她休假總行了吧？」

「不。」戰天穹說出讓靈風愕然的單字，他神情淡漠的繼續開口：「保持原本的行程，不需要讓她休息。」

眾人為之一愣。

卡爾斯就想出言抗議，卻沒想到紫羽比他更激動。

「為什麼不讓君兒好好休息？你明知道她每年發作都這麼痛苦，還要讓她繼續上課？我以為鬼先生是最關心君兒的人，沒想到你竟然對她那麼狠心！」紫羽氣極敗壞的怒斥戰天穹，全然忘了自己以前有多畏懼這男人。

「別說了。」卡爾斯強勢的拉住了紫羽，安撫她因為憂心好友而失控的情緒。「我想阿鬼這麼說一定有他的理由。」

戰天穹沒有因為紫羽的責罵而有任何情緒變化，他已經習慣被誤會，自然也懶得替自己辯駭。

「君兒睡得很熟，跟以前痛苦的狀況比起來安穩多了，你是送她來的人，所以我想你一定做了什麼才讓君兒能夠平安入睡的吧。」他淡漠的看著靈風，眼裡的審視讓靈風全身僵硬。

「符文能夠減緩她的疼痛，這你們不知道嗎？」

靈風此話一出，所有人都沉默了，連氣惱的紫羽也忽然明白鬼先生會這樣要求的原因了。因為有身為符文師的靈風在身邊，君兒的情況才不會更加嚴重。

想通了這點，紫羽的臉色也跟著愧疚了起來。

「可以的話，教君兒如何利用符文減緩自己的疼痛，畢竟未來變數太多，不能保證她身邊隨時有人能夠協助她。」戰天穹平靜的說著，但這段請求的話語裡頭又隱藏著命令意味。

下意識的，靈風的叛逆性格讓他差點就想拒絕，但一想到這男人可是全世界最可怕的存在，那句「不」就硬生生的被他嚥回了咽喉。

「好吧，既然這樣，我會把這個課程排進行程裡的。」反正這本來就是要教君兒的，不過就是時間早晚的問題而已。靈風自我安慰著。

＊＊＊

最後，當所有人都被打發出醫療室以後，靈風主動找上戰天穹攀談。

戰天穹只是冷冷的看著靈風，目光淡定的像是注視著死物一樣——這幾乎是戰天穹看待所有與自己無關人事物會有的目光，既疏離又冷酷。

靈風被他看得有些發毛，就像被猛獸盯上的兔子一樣，後背早已不經意的被冷汗浸濕。

不過，因為他必須履行的任務注定會失敗一半，而眼前男人卻是君兒剩下的兩個機會之一，所以有些事他還是必須知道才行。

「那個，鬼大人——」

「說，誰指使你靠近君兒的？」

沒想靈風才先起了個頭，下一秒就被戰天穹突來的反問，嚇得差點就想轉身逃跑。那森冷的殺氣環繞周身，讓靈風驚恐的高舉雙手，表明自己的無害。

「別別別！我很乖我很安全我對君兒真的沒有惡意！」

「是誰？」

戰天穹又冷冷的再問了一次，周身開始浮現血浪的虛影，眼看就要逐漸凝實，靈風這才狼狽驚恐的喊出了答案。

「是羅剎！羅剎派我來保護君兒並指導她符文技巧的啦！」

戰天穹劍眉一豎，「羅剎？你不是五百多年前就來卡爾斯的星盜團嗎？那個時候羅剎就派你來了？」他嘴邊冷酷的笑意更甚，殺機無可抑止的浮現。

「羅剎推算出君兒會在這個時間出現，並且會和卡爾斯以及跟你有所接觸，所以便派我先來跟卡爾斯搞好關係，在適當時間擔當適合的角色。」

靈風戰戰兢兢的說出了解答，這才感覺到戰天穹停頓了一會，慢慢散去殺意。

好險……靈風摸了摸因為額間汗水而貼在臉上的瀏海，對這樣的驚恐狀況感到有些無力。還好羅剎早知道會有這樣的事情發生，這才有了這麼一番說詞的出現——雖然八九不離事實，但是只需要把真正的「秘密」隱藏住就足夠了。

「不要讓我發現你對君兒有異心。」

「我向宇宙發誓，我真的對未成年少女沒興趣——呃，我是說我對君兒真的沒惡意。」感覺到戰天穹掃來的警告目光，靈風這才趕緊改口。

「羅剎還告訴你什麼嗎？」戰天穹繼續問著，氣息逐漸內斂，原先給人的壓抑感也漸漸消失了，這也讓靈風鬆了一口氣。

「那個……羅剎要我在君兒毛病發作的時候帶一句口訊給你。」他小心翼翼的觀察戰天穹的

反應，見他沒有任何情緒變化才繼續說了下去。

「只有三個方案可以治療君兒受傷的靈魂，而你就是其中之一。」

戰天穹一愣，隨後臉色漸漸陰沉下來。

「等等，你先讓我說完！君兒靈魂的傷勢極重，需要強大且圓滿的靈魂分享生命力才能治好她，嗯，大概就是這樣，之後的事我想你也應該知道了……羅剎說，如果你不能成為完整的靈魂，那麼就只能採取另外兩個方案了——不過，他沒有說另外兩個方案是什麼，你問我也沒用。」

靈風聳肩表示自己的無能為力，然後在戰天穹臉色變得更陰沉之前飛快的告別離開，而這一次戰天穹沒有制止他，只是靜靜的站立原地，然後深深嘆息。

『現在你知道我沒有說謊了吧？我知道我們是其中一個「選項」，另一個是你在我記憶中看到的那位殺死辰星的男人，但最後一個我就不知道了。』噬魂嚴肅的語氣在心底響起，然後也和戰天穹一樣，幽幽的嘆息了聲。

戰天穹擔憂的在心中反問：「君兒靈魂的傷會有什麼影響嗎？」

『……當魔女要甦醒之刻，君兒就算心智足以突破毀滅意識的操弄，卻會因此魂體分離，靈魂很有可能直接回歸宇宙，被那浩遠強大的存在湮滅屬於「君兒」的存在，從此以後就沒有魔女，也沒有君兒了……』

戰天穹臉上浮現哀傷，他對自己沒辦法做出決定感到痛苦，因為自己的無能為力而感覺憤怒——對自己的憤怒！

他恨自己，就算愛著君兒也不能為她接受自己的黑暗面。是因為他還不夠愛她嗎？

『不，就是因為太愛了，所以才把自己困死在無解的迴圈之中。其實你我都一樣，因為愛而絕望脆弱。但我們也同樣懦弱，因為誰也不敢先犧牲自己去成為完整，不是嗎？你不願意，我也更不可能放棄，因為我就是你，你的抗拒就是我存在的主因，若是你不再抗拒黑暗，那黑暗也沒有存在的必要了。』

戰天穹沒有答話，然而噬魂的這一句話卻迴盪在他的心裡，久久不散。

Chapter 82

禁忌符文

靈風看著眼前臉色蒼白，面露倔強的少女，只是輕嘆了聲。

就在她醒來以後，不顧休斯頓的勸阻，仍執意要完成今天落後的課程，這讓他真不知道該拿這位認真過了頭的學生該如何是好。

雖說為人師表對這樣認真用心的學生總會特別喜歡，但若是這位學生認真到不顧自己身體情況，那可就讓人頭疼不已了。

尤其君兒現在還惦記著昏迷前的問題，她眼裡的堅持，讓人不敢隨意敷衍。但此時並不是言述一切真實的時間，他想，或許這件事在未來由當事人來親自解釋，可能會更適切吧……畢竟，就連他也不能夠理解另一位魔女之所以那麼做的理由。

最後，靈風不著痕跡的帶過了君兒的問題：「妳別想太多，這些事妳現在糾結也沒有用，答案只會在最適當的時機到來，但若是時候未到，只是白白浪費力氣而已。而且很多時候，事情的真相太早被了解明白，往往都有可能會對未來造成不可預知的影響……」

對君兒來說，知道這樣的事實無疑又打破了自己過往的認知，但自從經歷自己並非皇甫世家血脈的事件以後，她的心靈承受力似乎又高上了許多。對牧辰星的姊姊掠奪魔女力量一事，在她昏迷到甦醒這段時間也漸漸平復了心情，只是多少還是希望能知道一個確切的答案。

魔女存在的意義不就是執行毀滅的任務嗎？既然被奪走了核心力量，不也等同於「魔女」已經沒有存在的必要性？那她又為什麼還需要再度輪迴轉世？夢裡擁有紫紅色眼眸的女性對她的慈愛，難道只是一場幻夢而已？可那深切烙入心中的溫暖感受，她很清楚的知道夢裡感覺到的那些全都是真實的。

她開始搞不懂未來會如何發展了，卻也預料得到，自己未來可能又會知道些什麼讓她驚愕萬分的消息。而聽靈風這番話，看樣子他是不打算解答自己的疑惑了。她只能盡可能放下心中的困惑，不再去想那些繁瑣讓人充滿不解的問句，將注意力集中在自我成長上。

靈風見君兒面露失落，看著那在自己面前微微垂首的烏黑腦袋，很順手的又拍了拍君兒的小腦袋瓜，以表安慰。

「好啦，我相信我等等要教妳的東西會讓妳暫時忘記煩惱的，但妳得先平靜下來才行。妳這頭痛的毛病每年都會發作一次吧？但妳可能不知道，符文技巧有專門和緩這類狀況的技巧哦，是一種能讓靈魂暫時休眠的技巧。」

「靈魂休眠？」君兒因為靈風提起的字詞而微微顰眉，直覺聯想到了前世牧辰星最後的遭遇。「我的毛病和靈魂有關係嗎？」

靈風沒有給君兒繼續思索的機會，彈指間便憑空以星力繪出了飄浮的閃光字符。靈風的動作之流暢讓君兒忘了思考，目不轉睛的看著他這樣熟練的繪製符文。

然後她忽然想起自己精神力中那兩枚始終查不出屬性與由來的符文，忍不住將自己長久以來的疑惑問出口：「靈風，你有看過這兩枚符文嗎？」邊說，她邊根據印象，手邊開始繪製起那兩枚符文。

奇異的線條凌空出現，星力隨著君兒纖細的指尖游移，第一枚符文逐漸凝聚成形。然而，看著那枚未成形的符文，靈風卻面露震驚，隨即出聲制止！

「這是──君兒快停下，不要畫出來！」他直接打斷了君兒的繪製，緊張的模樣像是君兒就要觸犯到什麼禁忌一樣。

靈風被君兒的舉動嚇得大汗淋漓，他緊緊抓住君兒那隻繪製符文的手，急促又緊繃的開口：「答應我，無論如何盡可能不要去動用這兩枚符文的力量，最好連畫都不要畫出來。」

隨後他這才驚覺這樣的動作太過親近，趕緊鬆開了君兒的手，尷尬的撓了撓後腦勺。

接著一個乾咳，他用一種極其嚴肅的語氣，出言警告道：「總之，那兩枚符文是人類不被宇宙允許掌握的強大符文，妳想要使用至少也要實力到達星海級，掌握了自己的領域以後才能勉強動用。」

可靈風這樣說，卻偏偏吊起了君兒的好奇心。在精神力之中，她可以感覺到那兩枚符文擁有不同於其他符文的特殊屬性，卻怎樣也沒辦法調動，讓她很像寶藏就在眼前，卻苦無沒有鑰匙開啟的尋寶人一樣。

她晶亮的眼眸望著靈風，知道靈風一定知道答案。這段時間的相處，她也多少摸索到了靈風的脾氣——這位總喜歡毒舌刁難別人的男人，竟是吃軟不吃硬，禁不起承奉讚美，標準的口是心非。每當他的話語越惡毒，同樣也代表著他心情越好或者是越滿意。

於是君兒自然也掌握了一套對付靈風的辦法，那就是保持沉默，用略帶崇拜和盼望得到解答的眼神看著他，最好懂也要裝不懂，讓靈風有機會可以賣弄一下。

基本上，這一招可說是屢試不爽，要知道她可是連鬼先生的弱點都了解的一清二楚，那麼，對待內心不比鬼先生封閉的靈風更是輕而易舉。

果然，靈風一見君兒擺出這副德性，馬上臉一紅、嘴一撇，還不忘大退兩步，一臉防備。

「妳想幹嘛？先說喔，就算妳用這種崇拜的眼神看著我，我也絕對不會教妳那兩枚符文的使用方式的！」

他慎重嚴肅的警告著君兒，卻怎樣也沒辦法讓少女放棄意欲了解的企圖心。

「靈風老師，請告訴我那兩個字符代表的意義。」

君兒用上了敬詞，讓靈風更顯慌亂。她非常懂得利用自己的優勢及掌握別人的弱點，這點讓靈風既是佩服卻也懊惱不已。

「不要叫我老師！妳以為這樣我就會告訴妳了嗎？！」靈風氣急敗壞的扯著自己一頭亂髮，只是嘴邊因為暗喜而微翹的弧度，卻表明了他其實很喜歡被這樣稱呼的，只是單純的不想被別人發現自己那麼容易就高興了的這件事。

君兒笑容滿面的看著靈風，那唇邊噙著笑意的可人模樣，對此時的靈風而言，卻活像是惡魔的微笑。

君兒會這樣詢問也是有理由的，在她精神力覺醒那時就意外掌握了全屬性的符文烙印，那是傳說中只有一些被上天眷顧的存在，才能在覺醒時自動被宇宙烙下這份力量的極罕見情況。

但一次全屬性都俱全簡直是前所未有的事，可她卻又額外多出了兩個不同於現今流傳的符文！而它們既然存在，就一定有其存在的意義。她或許可以盡可能的不使用，但多少也會想要先了解那到底是怎麼樣的力量，算是預先做好心理準備。

「好奇心會害死貓的……」見君兒不死心，大有逼問到底的意味，靈風摀額一嘆，隨即無奈的垂下雙肩，終於敗在她那種滿懷信賴和期盼的目光下。

「好啦，妳能夠這麼早覺醒精神力並且自帶符文全屬性的烙印，我想多少和妳的魔女身分有點關聯吧。」他開口說出自己的想法。

其實在他和魔女的契約之中，就提及了這位「星星魔女」可能掌握有的力量——因為那是另一位魔女在奪去牧辰星的魔女之力時，在她的靈魂中填入的新的力量。至於那位魔女為什麼要這麼做，理由就沒人知曉了。

「那兩枚是禁忌符文，這個世界能掌握的人大概五根手指頭就數得出來。我之所以要妳別隨意動用，也因為這兩枚符文影響和牽扯的太多，危險性也是非比尋常。」

靈風見君兒聽得入迷，卻始終保持著冷靜，沒有露出被力量迷惑心靈的神情，心中有著讚許。但他仍是語氣嚴厲，深怕君兒在知道這份力量的本源之後會因此迷失。

「更何況這兩枚符文不像其他符文是透過精神力和星力驅動的，而是透過靈魂和生命力為媒介，才能夠使用的禁忌存在！也因此，除非是靈魂與生命力特別強大的人，否則絕對不能輕易動用！」

聽完後，君兒因此面露沉重。

而靈風輕快一笑，試圖藉此和緩這沉重的氣氛。

「妳也別擔心啦，基本上這兩枚符文存在妳體內只有好處沒有壞處，但如果妳不想未老先衰的話，就還是乖乖修煉到六階星海級，等妳掌握領域、壽命也拉長許多以後，再來考慮學習這兩枚符文吧。」

他不敢說君兒的靈魂有傷，若是隨便使用這份力量，很有可能會導致未來走向最糟的那個情

況。畢竟她現在的身體還沒有完全與靈魂契合，若是靈魂變得虛弱，那可是會讓倒數計時的時間加快的。

「……結果靈風還是沒有說那兩枚符文對應什麼屬性。」君兒有些不滿，這才是她意欲詢問的重點。

靈風習慣性的摸上少女的腦袋，他最近喜歡上了這樣帶有安撫意味的動作，因為這會讓他想到自己的兄長，也因為自己能有這麼一日指導他人而為自己感覺自豪。

「除了基礎的那七大屬性符文，妳想想，這個世界還有哪兩種攸關世界運行的力量被遺忘了？」靈風鼓勵君兒自己思考，見她神色認真，不由得面露微笑，等待君兒猜出那個答案。

有時候，學習並不是直接告訴答案就足夠了，必須透過學習者自己反覆的探索與思考，才能從失敗和錯誤中學得經驗，分辨出真正的真理與解答來。

「我是有想法，但就不知道對不對……是組成世界最初的核心，『時間』和『空間』嗎？」

靈風笑得愉悅，又用力的拍了拍君兒的腦袋，惹得她不悅的拍開了靈風的魔爪。

「沒錯，那兩個符文分別對應『時間』和『空間』。現在妳知道這份力量為什麼不能輕易動用了吧？因為那就是世界運行的核心，若是沒了時間與空間，人類的過去、現在、未來，遠方與此處，全都不復存在。一旦使用，便涉及了世界的力量，若是又沒能力控制的話，很有可能在瞬間就被這樣的力量傷及靈魂，更有可能因此失去性命。」

君兒眼眸閃了閃，神情自震驚逐漸轉為平靜，終於壓下了那無與倫比的好奇心。她知道有些東西就像潘朵拉的盒子一樣碰不得，若是現在按捺不住好奇心，而偷偷去使用那份力量的話，很有可能會因此迷失了心。

若是心不夠堅強到足以匹配那份太過強大的力量，很快就會淪為力量的奴隸因而走火入魔，她可不希望自己最後變成那樣。

「好吧，除非我有生命危險，否則我不會去動用這兩枚符文的力量的。」君兒沉穩的說著，堅定的目光透露她宣示的真誠，「倒是靈風說的那能夠讓靈魂進入短暫休眠狀態的技巧，有什麼特殊的限制和條件嗎？」

她很快就轉回正題，神情正經認真，沒了先前的迷惘。

「是沒有什麼條件，但就是妳得確定自己安全了以後才能對自己使用這樣的符文組合，不然休眠以後落入狼堆那可就……」靈風一聳肩頭，同時靜靜打量這最近隨時都有可能舊疾復發而昏迷的女孩，對她明知自己有病在身，渴望學習的心絲毫沒有因此減低，心裡既感嘆又感慨。

跟自己對比，君兒更堅強也更認真了些。每每看著這樣努力學習的她，靈風總會覺得自己以前過得實在太糜爛了，真不曉得哥哥究竟是有多大的耐心將他拉拔長大，想必一定耗費了不少工

夫……

「今天我就先把這個技巧教給妳，之後妳隨時有機會就練習練習。不過，妳真的不用休息嗎？」

「我不用休息。」君兒沒有猶豫的立即給出了回答，「時間很寶貴的，我一分一秒都不想浪費。」

靈風長長一嘆，知道君兒在某種程度可以說是固執到了極點，一旦決定的事就怎樣也不會輕言放棄。

他扯了扯凌亂的瀏海，這才開始將那能夠減緩她靈魂傷勢發作時痛苦的技巧教給了她。

Chapter 83

辰星已逝

是夜，房間裡那不知何時又再度陷入熟睡的赤髮男性忽然睜開了眼。只是那眼神不如往常般的冷冽沉穩，而是帶上了一絲激動和邪佞。

「哼，戰天穹這個笨蛋，因為擔憂君兒的事，所以完全沒察覺到我一次次的在他的意識中埋下了我的力量嗎？」

「戰天穹」冷冷一笑，出口卻是嘲笑自己——或者該說，此時的他並不是這具身體原本的主人，他是戰天穹的黑暗面，被稱作「噬魂」的另一個存在。

握了握拳，噬魂激喜的感受了一番擁有身體的感覺。這是他夢寐以求的情境，擁有身體、心跳和體溫，能夠真實的觸碰到自己，更能夠感覺到別人。

還記得辰星過去曾對還只是個飾物的他，說出希望他是人這樣的感嘆。如今他終於擁有身體了，然而他愛著的那個人，卻只剩下記憶裡那感嘆又無奈的笑顏。

想到這，屬於戰天穹的臉龐上，浮現了絕望與哀慟，那是一向總愛隱瞞真實情緒的戰天穹所沒有的，毫不掩飾自己真實的本性，屬於噬魂的情緒表現。

辰星已經不在了的事實，讓噬魂方奪得身體操控權的喜悅感全都淡去了，餘下的只有深深的挫敗與傷痛。

他之所以要爭奪意識主導，不也是為了再見「她」一面嗎？但這一世的她，或許已經不記得他了，不記得和他相處過的日子，不記得曾對他說過的話，甚至還有可能不記得他是誰——但他還是想見她，想到哪怕要耗損自己千年累積的力量，也要爭奪這僅有一夜的身體主控權！

噬魂開始試著熟悉身體，很快就掌握了戰天穹的力量與能力。或許是因為他們本就同屬一個靈魂，屬於黑暗面的他，自然也能夠掌握屬於光的力量。只是礙於他自己僅是一枚靈魂碎片，並不像靈魂接近圓滿的戰天穹能完全主宰自身。

「時間不多了……」他略微感嘆，來到了鏡子前，看著那張自己注視了千年之久的男人容貌，苦澀一笑。

「明明就是同樣的存在，為什麼要拒絕接受我的存在？明明沒有影子，就不能稱作真正的完整了……」噬魂指尖輕觸鏡中屬於自己亦屬於本體的容貌，看著臉上那深濃的悲傷，疲倦的收回了手，旋即神色染上了一絲怨怒，這讓他的容貌變得猙獰。

一陣玻璃碎裂的響聲傳來，噬魂一拳粉碎了眼前的那面長鏡！

怒氣使他難以控制自己，只是隨後回神的噬魂卻絲毫不以為然，甩了甩毫髮無傷的手，撇了撇嘴，大有做了壞事還覺得這沒什麼大不了的叛逆感。

仔細透過和君兒相連的精神力，他尋了個方向，利用戰天穹掌握有的瞬移能力，就想趁著夜色人熟睡時，去看君兒一眼。

當然，也因為噬魂對這具身體的掌握程度不高，有好幾次他都不巧落到了君兒房前路徑上其他星盜的寢室裡，好在他反應極快，在踏錯房門以後又趕緊穿入虛空，省得惹來不必要的麻煩。

不過，總還是會有幾人被突然闖入的他嚇醒，卻在驚醒後察覺並沒有任何敵人，便撓了撓頭直嚷著「活見鬼了」。

這鬧鬼事件不久後也傳到卡爾斯耳裡，讓他有很長一段時間都用一種充滿興味的目光看戰天穹，就差沒問出「夜探少女閨房感覺如何」的這種話來了。畢竟戰天穹是他戰艦上唯一實力達到能夠瞬間移動的人。不過卡爾斯知道戰天穹臉皮薄，也沒敢這樣問出口。

當然，這些是後話。

就在噬魂有驚無險的終於來到了君兒的房門前，雖是沒有花多少時間，但第一次操控身體就試著做這種高難度的操作，實在把他累得夠嗆。不過一想到可以見到他朝思暮想的那個人，心還是忍不住的加快了跳動。

一邊享受著心臟的跳動和這種能夠感覺自己真正是個「人」的感受，噬魂最後一次撕開了空間，無聲的闖入了少女的寢室。

他只是單純的想見辰星的轉世，一了千年相思……

收斂了自己的氣息，噬魂靜靜的站在君兒床邊，看著那與辰星有著不同容貌，卻有著相同靈魂的女孩，心裡可說是複雜至極。

他安靜的看著少女眉眼間在熟睡時的安寧平靜，忽然覺得一陣眼酸。想起過去，辰星從來沒有睡得那麼平靜過，她一直都在負面的情緒以及恐懼中度過，總是皺著眉，甚至經常每夜都被惡夢驚醒。那時，她總會將他握在手心，傾聽他溫柔的低語，這才能噙著淚沉沉睡去。

現在的君兒很堅強，就跟辰星最後的願望一樣，成了一位堅強勇敢、能夠挺身保護自己重要之人的女孩了，再也沒了前世那怯弱膽小的身影，這讓噬魂心裡深切的抽痛著。

辰星已經不在了，哪怕是同一個靈魂，「她」終究不是辰星。

這個認知讓噬魂心如刀割，第一次以血肉之軀，感覺到了心臟抽疼的痛楚。他陷入自己的絕望情緒裡，甚至沒有注意到，那本應當是熟睡的君兒此時卻是揉著眼，就像是感應到了他的情緒一樣，睡眼惺忪的醒了過來。

「……鬼先生？不對，你不是他！」

少女的驚呼聲拉回了心思飄遠的噬魂，卻因為少女接下來的一句話，心因此震了震。

「你不是鬼先生，你是噬魂對不對？」君兒平靜的問道，看著那張熟悉的面孔此時流露的是她未曾見過的深切情感，當下就判斷出了此時站在她面前的是誰。

對眼前這位有著熟悉面貌的陌生人，君兒不禁回想起了牧辰星的那場夢境，這曾經是枚物品

的意識存在，是支撐牧辰星直到最後的最大功臣，雖然說她最後還是死了，但噬魂對牧辰星而言，可說是家人和朋友般的親近存在。

當然，她永遠不會忘記這曾經只是個意識體的存在，曾經深深愛過辰星……

雖然她不知道為何噬魂要控制鬼先生的身體，但多少也猜得到他的想法。或許是希望來見辰星，或者該說曾經是辰星的她吧。

「妳認得出我？」噬魂喃喃低語，因為君兒在轉瞬間就認出他了的事實而震驚不已，同時心頭那沉甸甸的感受更讓他感覺悲傷，臉上流露戰天穹未曾洩露的脆弱。

「……妳不怕我嗎？」他接著又問，忐忑不安的就害怕少女會因為他操控了她熟悉之人的身體而憤怒，甚至是討厭他。

君兒輕輕搖首，目光依舊清澈的望著他，說出了讓噬魂幾欲落淚的話。

「我不怕，因為我知道你是鬼先生的一部分。」

他的本體不願意接納他，但他們同樣在乎的存在卻先一步洞悉了事實，並且接受了他，這讓他在感覺溫暖的同時，也對另一個自己感到了深刻的無奈。

噬魂想伸手觸碰君兒，卻中途又收回了手，那種既期待又怕受傷害的感受，他可說是深切的感覺到了。

「抱歉，我只是……想見妳而已，我操控他的身體並沒有惡意……」噬魂有些惶恐的回應著，臉上的侷促是戰天穹不曾表露的情緒。

「沒事的，噬魂是想見辰星吧？」君兒諒解的開口，對噬魂露出一抹溫和親切的微笑，讓噬魂稍微鬆了口氣，卻也因為她說出辰星的名字而感覺驚訝。

「妳知道她？還是說，妳還記得辰星的記憶？！」噬魂激動不已。這是否表示君兒還是辰星呢？

而他的期望，很快就因為君兒的搖首而破滅了。

「不，我只是曾經有夢過關於『牧辰星』的事，自然也知道她的過去、記憶、發生的事情、還有你。但我不是她，我是我，我是淚君兒。」

君兒看著面前那眼裡寫滿哀痛的男人，微微一嘆：「抱歉，辰星已經不在了……我想，可能在她殞落那時，屬於她的記憶跟人格就已經一同死去了，現在的我雖然記得那些，但我已經沒有任何感覺了……」

噬魂顫抖著身子，最後踉蹌狼狽的向後倒坐上一旁的沙發，他摀著臉，很快就發出猶如狼失去伴侶般的嗚咽聲：「辰星、我的辰星……對不起……我沒能夠保護妳……」

君兒輕盈的下了床，走至他的身邊，給了此時哀痛的噬魂一個溫暖的擁抱。過去她擁抱那總愛隱藏情緒的鬼先生時，他都會因此變得平靜安心。君兒心想，無論光暗，鬼先生和噬魂都還是保有同樣希望被人認同和接納的期盼吧。

她這樣毫無猶豫的包容擁抱，讓噬魂滿懷驚訝，他戰戰兢兢的悄然探手回抱住那抹纖細的身影，那能夠清晰感覺的少女體溫，彷彿圓滿了他心中因為無法擁抱辰星而產生的缺口。

君兒沒辦法多說什麼，雖然她知道自己的前世就是牧辰星，但她就只是淚君兒，不會再成為牧辰星了。

良久，噬魂平靜了心情，卻說出一句跟悲傷氣氛截然不同的句子。

「君兒，前往新界要小心。」

他嚴肅的語氣讓君兒有些訝異，不解他為何突然這麼說。

「那裡有魔女的敵人，辰星那一世因為任務失敗，這一世他們為了代替魔女履行毀滅的任務而來。他們是宇宙的執法者，同時，也是為了抹除任務失敗的魔女而來……還有，妳要小心靈風，他身上有牧非煙那女人的力量。」

提到靈風的名字，噬魂的神色染上了仇恨，但看見君兒一臉的不解，他這才輕輕一嘆。

「我不知道他們到底在計畫什麼，但君兒妳務必要小心，盡可能不要在妳完全成長前遭遇龍族或精靈……」一邊說，噬魂還像隻大貓一樣黏人的擁著君兒，貪婪的感受擁有身軀能夠真正感覺到柔軟與體溫的幸福感受。

「以前好羡慕那傢伙能被妳擁抱，現在我也心滿意足了。」噬魂感嘆的說道，最後輕輕的推開了君兒，卻是抬手輕觸她的軟嫩小臉，看著她雙眼。

「這一世我們一定會保護妳的，一定會！」他彷彿宣誓，最後對著君兒露出一抹爽朗的笑容，與那沉穩的戰天穹不同，噬魂的笑更加放肆且傲慢。

「時間快到了，我得回去了，省得被那傢伙知道我偷偷佔據他的身體來找妳，被發現的話，之後就麻煩了，不過嘛……」

噬魂赤眸閃爍，彎起一抹邪肆微笑，趁君兒還沒回神，飛快俯身在她額上輕啄了一下，接著面露勝利的笑容，又再一次的用力擁抱一臉羞紅傻愣的少女後，便消失在空間裂縫之中。

君兒因額間突來的親密碰觸而感到羞澀驚訝，只是，噬魂臨走前的警告，讓她感覺有些不安，就好像前往新界可能會遭遇什麼事情一樣。尤其是他又特別警告她要小心靈風這個人。她知道靈風似乎隱瞞了什麼，還有很多事情沒有告訴她。

幽幽一嘆，君兒走至寢室內的窗邊，掀開窗簾一角，仰望著星空。

牧辰星已經逝去，新生的她卻用一種新的方式延續了她的意志。

「……希望下一世的輪迴，我能夠成為一位充滿勇氣、意志堅定且不畏懼失敗的人，然後超

越魔女的悲傷宿命，成為奇蹟的星星……希望愛我的人不再為我傷心流淚，我也願意為了我所愛的一切堅強努力……」

這次因為噬魂的前來，讓她忽然憶起了牧辰星在殞落當時，在心裡閃過的這個念頭。在夢醒時她忘了，現在卻猛然憶起，這讓她也更堅定了自己的信念。

超越魔女的宿命，這不僅僅是為了前世未完的願望，也不是單純為了自己，而是為了所有愛著自己以及自己所愛的人！

看著倒映在觀景窗上自己的倒影，漆黑眼眸裡閃動的星星，或許正是牧辰星用來提醒自己所烙上的吧。

「既然過去已經注定，但未來還是充滿無限的可能性。那麼從現在開始，我要改變魔女既定的未來！」君兒雙拳緊握，眼裡閃過一絲堅毅。

或許過去無法改變，所以過去造就了「現在」，但未來還是可以被改變的！而若想要改變未來，就先從改變「現在」開始！因為只有當下的自己改變了心態和意念，才能在未來發現嶄新的道路、看見全新的自己、擁有新生的成長、以及跟過去截然不同的奇蹟未來！

辰星已逝，而她還活著；既然活著，就還有希望；存有希望，就能改變未來！

Chapter 84

別離之前

回到房裡的噬魂並沒有像原本計畫好的那樣將操控權還給熟睡的意識本體，他癱倒在沙發上，這才開始宣洩在君兒面前小心隱藏的懦弱。

戰天穹是隱忍，而他則是逃避——他多想否認辰星已逝的事實！

然而，事實就擺在那，此生輪迴的君兒更給了他辰星無法給予的擁抱，這讓他在哀痛之餘更是悲切。

他原本是想，在見過君兒以後自己就能放下對辰星的執著了吧？卻沒想到，因為這次的見面，他的執念更深了。

他真的沒辦法徹底放棄自己，這麼輕易就成全戰天穹！

「這擁有身體的感覺多好啊，君兒也認得出我來，我怎麼可以這麼容易就被戰天穹消滅掉？至少、至少也得融合為一才行，不然說什麼我也不願意放棄！」

不願放棄對辰星的記憶，不願捨下那溫暖的擁抱，更不願輕易放手期望戰天穹接受黑暗面的願望！

「只有這樣才能讓靈魂真正成為圓滿，我不能先捨棄自己。戰天穹，我會和你抗爭到底的，直到總有一日你能坦然面對黑暗，到那時候，光暗的合一，圓滿的靈魂才能成為真正能守護魔女的存在——」

黑暗的力量源自於光明的抗爭，若光明承認並接納了黑暗，那麼黑暗將成為能夠襯托光明的力量。

感覺到眼角滑下了溫熱的液體，噬魂抬指抹淚往嘴裡嚐，然後發出感嘆：「真的就跟辰星說的一樣，眼淚是鹹的呢……」

語畢，他有些不捨的闔上眼，臉上的神色由感慨逐漸轉為沉穩，卻在瞬息後再度甦醒了過來。

「我又睡著了？」戰天穹困惑自語，更在發現自己竟然落淚而倍感驚訝。「怎麼回事？這次又沒有作夢，我怎麼……」

他冷沉的目光掃視四周，發現自己還身處自己的房間內，卻注意到那被打碎的玻璃鏡面，登時緊鎖劍眉，神情變得越發凝重嚴肅了起來。

略微比對了那擊在鏡面上的擊碎點，發現竟是自己砸碎的——但他明明熟睡著，又是何時砸碎的？

很快的，察覺到一些異狀的他，臉色陰沉了下來。

「噬魂！」

戰天穹在心海裡低咆著，而耗盡力量的噬魂只是回了一抹冷笑。

『我的兄弟呀，擁有身體的滋味真是好呢……你覺得，如果我以你的容貌站在君兒面前，她能不能認出我並不是你呢？搞不好她也能像接受你那樣，接受我的存在也不一定。真是可悲呀，只要你一天你不能接受黑暗，不完整的你又有什麼資格祈求君兒接受你的汙穢呢？』

他刻意隱瞞了自己已經見過君兒的事實，語帶嘲弄的暗諷戰天穹壓抑黑暗面的行為。

戰天穹表情冰冷，只是沉默，不過他那不穩的氣息顯示出了他內心的不平靜。

噬魂依照慣例的冷嘲熱諷了一番。力量耗損的他，似乎是打算連之後自己沉睡的份先清償一番，叨叨絮絮的在戰天穹腦海裡吵了大半夜，這才滿足的陷入沉睡，同時也被戰天穹冷酷的封在內心深處。

看樣子，有很長一段時間噬魂是沒辦法再找他麻煩了，但不知為何，戰天穹心裡卻還是有種不安的感受，就唯恐噬魂方才趁他昏睡時，偷偷利用他的身體去做了什麼事。

隔日，戰天穹找上了卡爾斯，第一次主動要求他加速戰艦的行進速度。

「這可真是不得了，之前跟我說可以的話盡量拖長時間的你，現在又改口要我趕快前進新界了？」

卡爾斯一臉訝異，上下打量一臉憂色的戰天穹，提出了自己的建議：「阿鬼，如果你真的很急的話，要不要乾脆直接撕開空間回去算了？我相信只要你願意，你隨時可以瞬間回到新界的。」

聞言，戰天穹卻是搖頭，語帶糾結的道：「我想再多陪君兒一段時間。」

這話讓卡爾斯大翻白眼，對這男人的彆扭再一次的感覺頭疼。

「啊！對了，之前我已經和君兒說過你的真實身分了，你猜猜她是如何反應的？」卡爾斯趕緊轉移話題，省得自己又因為戰天穹對感情的懦弱而感覺氣惱。

戰天穹目光炯炯的望著卡爾斯，沒有言明，但眼神裡卻透露著渴望知道詳情的訊息。

見狀，卡爾斯忽然很想逗弄一下這位悶騷的友人，便是誇張的一個嘆息，用一種同情萬分的眼神注視戰天穹——後者馬上垮下了肩，面色死灰的抬手制住了卡爾斯正要說出的答案。

「我知道了，你不用說了。」戰天穹只覺得心碎成片片，有種哀莫大於心死的傷感。

「你知道個屁！我都還沒說勒！君兒在知道你的事情以後，還為你哭了呢！」

當然，這是誇大的說法，不過卡爾斯一點也不介意破壞君兒矜持的形象，在他眼裡，那些女孩兒的羞澀和矜持都是多餘的，不過他還是明智的隱藏了君兒已經明瞭自身感情的事實，這份驚喜就留給戰天穹自個去發現吧。

「君兒為我……哭了？」

對此，戰天穹感覺訝異，心裡有種不知是喜悅還是心疼的感覺因此蔓延。

這意思是說，君兒並不排斥他真實身分的意思嗎？

只是他在驚喜之餘又想到自己還有更多不為人知的罪孽，原本的喜悅登時又像是被冷水澆熄了的火焰一樣，點滴不剩。

而看著戰天穹臉上又浮現隱隱悲傷，卡爾斯覺得自己都能猜到戰天穹心裡又在想些什麼了。靠，他都快成了這傢伙肚子裡的蛔蟲了！卡爾斯在心中自嘲著。

「你啊，外界傳言的你有多可怕、犯了多少錯跟做出了多少彌補，這些我全都說了，既然君兒並不排斥這樣的你，搞不好還能接受更多也不一定。這已經算一個很好的開始了，你怎麼還是這麼一個窩囊樣，拿出點男人的氣魄好不好！」

回應卡爾斯的是戰天穹略帶惱火的瞪視。

「總之，儘快抵達新界。」

丟下這麼一句話，這男人又再度撕空離開，藉此迴避了這個話題，留下卡爾斯獨自一人對著他離去的背影大眼瞪小眼。

＊＊＊

戰艦再次加快了速度，這一次君兒沒有再去問為什麼，只是更加把勁在練習靈魂休眠的符文組合上。這段時間她掌握到幾個規律，並且透過靈風指導的那一組符文序列中，又延伸出幾組效能較弱，卻能夠暫時緩和疼痛且不至於讓她陷入完全休眠的符文組合。

「妳這裡如果這樣改動的話，效果會更好喔。」

靈風為君兒點出了她自己設計的新序列，同時也因為她最近的狀態感覺憂心。

「喂，笨蛋，修煉固然很重要，但身體也要顧好，健康才是武者最大的本錢，妳可別本末倒置了。」

「我知道，靈風，謝謝你的關心，我只是想要在抵達新界前，讓鬼先生看見我的成長而已……至少要讓他知道，我之後頭痛發作時可以自己控制好情況，不會讓自己身陷危險。」

君兒語氣艱澀，她之所以會這樣逼著自己，還是希望那個人能對自己更加放心，可以安心離去而已。

靈風看著君兒略帶蒼白的臉色，不由得感覺頭痛。這段時間她不斷的透支精力，為的就是為自己創造出適合不同情況的符文序列，卻也因為不斷的昏迷、甦醒後又立即跑來學習，使得她過度的操勞，眼眶下浮現了一圈黑影，讓她看起來很是憔悴。

不過隨後，靈風靈光一閃，便笑盈盈的對著君兒說：「笨蛋，除了這個靈魂休眠的符文以外，妳想不想學其他的符文技巧啊？」他像個正在勾引純潔女孩墮落的惡魔一樣，循循善誘的引誘君兒踏入他的陷阱。

君兒聞言訝異的抬頭，眸光燦燦，就差沒跳起來大喊一聲「好」了。

「來。」靈風屈指勾了勾，帶著君兒來到了植栽室一處空曠的所在，要君兒站立於距離他足有十丈之遙的所在。

靈風面帶笑意的指示：「等等我倒數數到零，我們同時使用符文凝武的技巧並瞬間攻擊對方，我也順便看看妳將符文凝武技巧練到哪種程度了，記住要全力以赴喔！」

「好！」君兒眼眸一亮，很快就擺出了攻擊姿勢。

靈風看著她這般熟練沉穩的基礎姿勢，悄然的點了點頭表示讚賞。隨後，他便開始了倒數計時：「三、二、一、零！」

君兒在聽到「零」一字的瞬間便傾身衝向前，同時雙手也做出抓握的動作，符文霎時逐漸凝聚成劍。十丈外的靈風卻是身影一個模糊。君兒只感覺面前一陣狂風吹來，額心及喉頸處便被兩把冰冷的武器抵住，快得她根本沒有反應的時間。

這時的她，掌中的雙劍不過也僅僅才探出幾條符文的線路而已，連劍身都還沒成形呢。看著那用著超乎想像的速度攻來的靈風，君兒只覺得喉嚨乾澀的可以。

接著，她聽見類似槍械的上膛聲，靈風悠然一笑，喊出了一聲：「碰！」便退離了腳步，這也讓君兒看見了他手邊的武器。

讓君兒愕然的是，靈風拿在手上的並不是近戰武器，而是兩把閃動著符文光輝的雙槍！他竟然手持遠程武器，卻還是刻意近身壓制她！這使得君兒切身的了解到自己跟靈風的差距，也對他能夠如此迅速的召喚出符文武器而震驚不已。

「想學嗎？」

靈風晃了晃手上由符文架構而成的雙槍，比了幾個自己覺得滿意的姿勢，見君兒目光不移雙武，便嘿嘿一笑，說出了自己計謀好的陷阱。

「想學的話，現在就好好休息直到妳頭痛病結束……不，休息到我們抵達新界好了。」

「我不——」

君兒眉一皺，開口就是拒絕，然而靈風接下來的話卻讓她乖乖閉上了嘴。

「學習符文需要專注和充裕的精神，就現在的妳根本沒那個資格學這門技巧，請不要看輕精神的重要性，在妳還沒完全休養完畢，我是不會隨便把技術教給一位不尊重這門技巧的人！除非，妳是打算從此以後不學符文凝武的技巧了。」

最後，君兒嘟囔了聲，表情遺憾的接受了靈風的條件。

「知道了，我會好好休息的……」

靈風因她委屈的模樣而啞然一笑，提出了讓君兒更難以拒絕的說法。

「妳希望妳在乎的那個人在離開時，記下的是妳無精打采的蒼白表情，還是希望他會記得妳精神洋溢、充滿活力的模樣？要知道，你們可是要分開兩年哦，這段時間妳總不希望他一直記著妳憔悴的模樣吧？」

於是，君兒只得乖乖的去休息了。

回到寢室後的君兒，看著鏡中這模樣蒼白憔悴的自己，她希望鬼先生能記得自己最堅強耀眼的一面，便索性將擺滿桌面的研究筆記全都收拾乾淨，決定要好好讓自己休息一段時間，為了鬼先生能記得那樣活力元氣的自己！

另一方面，戰天穹也同樣心裡糾結不已。眼見離別的時間將至，他渴望能再次與君兒見面，給予她鼓勵和擁抱的意念也越發強烈了……

Chapter 85

前往新界

時間過得飛快，就在戰艦加速航行不久後，新世界的大門所在地冥王星，已經能遠遠的在觀景窗中看見了。

此時，卡爾斯的戰艦隱匿了星盜的標誌，要知道那裡可是不少組織來往兩個世界的必經通道，星盜們哪怕以往都是高調出征，但到了這裡誰都得低調一點，省得惹來群攻，那可就得不償失了。

這天君兒和紫羽一同坐在位於戰艦高處，擁有一整面觀景窗，能一覽宇宙美景的休閒庭院裡。兩人一同眺望著壯觀美麗的星空，以及那越來越清晰接近的冰藍色星體。

那冰藍色的星體在深邃的宇宙中特別顯眼，而隨著戰艦逐漸靠近，更能感覺到這全由極冰凝成的星體傳來宏偉的氣勢。

隨著戰艦逐漸靠近星球，可以看見星球上有許多巨大的隕石坑。其中一處隕石坑便是她們的目的地所在。

那處隕石坑比起冥王星上的其他坑洞更為巨大，而讓人驚訝的並不是那巨大的凹坑，而是隕石坑內聳立著一扇斜倚的巨大拱門。

巨型拱門的門框上刻有無數古老又巨大的遠古楔形文字。自隕石坑深處延伸而出，從那埋入坑底中的部分來看，似乎還有絕大部分沒有被挖掘出來。

拱門四周搭建有提供戰艦臨時停靠、補充物資與能量的基地站。

那扇拱門幾乎佔據了這半徑百公里隕石坑的四分之一。斜倚的拱門開口朝上，中心看不見另一頭的景色，只見一層彩虹流光的光膜覆蓋其上。

只要穿越這扇大門，將會踏入前往另一個世界的通道——這就是傳說中的「新界大門」。

不少戰艦隊伍來回穿梭，但那些對人而言，無比龐大的戰艦相比這處巨型拱門，簡直就像大象身邊的螞蟻群一樣，只剩下小小的黑點，幾乎可以完全忽略。

人類在發現新界大門初始時，曾經懷疑過這是巨人的遺跡，不然如此龐大的門究竟是給誰通過的？研究了數千年，人類始終得不出頭緒，更解不開這個謎題，只知道這意外被巨大隕石撞出的大門，打開了通往新世界的道路。

戰艦上響起了廣播：「全體人員注意，戰艦即將在一天以後正式進入新界大門。第一次進入時空隧道的人請特別注意，建議回到自己的艙房以便應對穿梭時空隧道時的星力混亂現象。而由於穿越時空隧道需要航行約一週的時間，在今天這段休息時間請盡量補充體力與營養，這段時間將會以高能量加壓封閉植栽室、休閒廳以及用餐大廳。再重複一次——」

廣播在重複了三次之後終於歸於平靜。

「終於，我們的旅程也將要前往下一個階段了。」君兒看著觀景窗外的冥王星，眼裡有著激

動。

不過一想到戰艦穿越時空隧道，會因為大量的星力可能會導致食材或植物出現不可預知的變化，所以戰艦上都設有高能量加壓封閉保存植物與食材的功能。可這也代表穿越時空隧道的這段時間無法用餐進食。

雖然早有預料，不過君兒還是有些苦悶。她和紫羽雖然實力已達行星級，但卻是卡爾斯團內實力最末的兩位，儘管可以勉強一段時間不進食，但多少還是會影響身體。

「不能吃東西呢，難怪卡爾斯哥哥最近一直要求我多吃點。」紫羽也有些困擾。

只要是女人，誰不愛纖細苗條的身材呢？但卡爾斯已經率先告知她們這件事，並要求她們兩人盡可能的在短時間內儲存好體力和營養。

「喂！老大在找妳們了，還不快去吃得肥滋滋、圓滾滾的，這樣比較討人喜歡哦。」

靈風帶笑的嗓音傳了過來，對君兒佔據他過往休息的秘密基地已經不在意了。

兩名少女則因為靈風這般充滿惡意的話語，不約而同的賞了他白眼兩對。

來到用餐區，有不少人已經擠在餐桌旁開始進食了。

聽說穿梭時空隧道，食物和作物不像人類擁有星力可以維持生機，植物可能會因此產生變異，而加工過的食材則很快就會腐爛，所以之後都會被完全封存。

「小羽毛，過來這裡。」卡爾斯霸佔了用餐區最好的一處位置，見紫羽被靈風領著來到用餐大廳，便招手要她過來。

而紫羽看著卡爾斯面前，那堆得幾乎快成一座小山的料理，頓時臉一白，就想轉身逃跑。

君兒和靈風一人伸出一手，一個人扯住紫羽，隨後另一人像提小貓一樣拎住了她的後領，不負卡爾斯委託，順利的將紫羽拎到了他身邊。

「我我我吃不完那麼多——」紫羽哭笑不得的就想抗拒卡爾斯餵食的舉動，卻因為被他直接撈進懷中，怎樣也逃不開，只能無奈的張口吃下卡爾斯餵來的食物。她想經過這天以後，她可能會有一段時間都不想吃東西了吧。

君兒也硬被靈風逼著要多吃一點，但她卻在看到靈風餐盤上除了生菜青菜以外，其他都是蔬果類的料理，忍不住困惑詢問：「靈風，你吃這些真的夠嗎？」

「我喜歡吃草不行嗎？」靈風嘴邊啃著一片生菜，含糊不清的說著。

只是他說的話，君兒卻怎樣也不能相信，因為他才這樣說完，就馬上夾了一大疊的火腿片到自個的盤子裡。

靈風見君兒一臉不信，便嘿嘿一笑：「我是雜食偏草食動物，現在知道我有多溫馴了吧？」

君兒打趣道：「如果靈風這樣的性格算溫馴，那這個世界應該沒什麼激進凶暴的肉食動物了。」

「嘿，妳這番話可就不對了。要知道跟妳家那頭惡鬼比起來，我可以說是無害單純的小綿羊了！」靈風戲謔回道，語中的某個字詞讓君兒聽得微微泛紅了俏臉。

「你少胡說，鬼先生才不凶惡呢！」君兒刻意帶開話題，不想讓戰天穹聽到他們的對話。

「那傢伙現在沒有在附近，不會偷聽我們說話啦。」卡爾斯嘿嘿一笑，「怎麼，害羞囉？真是的，女孩子臉皮真薄，不過妳真的不打算在你們分開時告訴他妳的心意嗎？」

君兒羞澀一笑，卻是堅定的搖頭。

「既然鬼先生一直因為我的年齡而不敢相信我所說過的話，那就用時間的沉積來讓這份感情變得更加香醇吧……嗯，就跟酒一樣！」

「那就期許兩年以後，妳能讓他為妳迷醉吧。」

卡爾斯爽朗一笑，和紫羽交換了一抹欣慰的眼神。他們很期待兩年以後，再度相逢的這兩人，將會擦出什麼樣的火花呢？

＊＊＊

很快的，新界大門就在眼前了，君兒透過自己房間的觀景窗，看著那龐大無比、無邊無際的虹光大門，莫名感覺到一股緊張感充斥全身，一種激動和喜悅在心裡蔓延。

努力了那麼久，如今終於要通往新世界了嗎？雖然其中經歷了不少波折，但看著那閃動美麗虹光的巨大拱門，君兒還是既感慨又感動。

她深深記下了那映入眼簾、難以描述的美麗，就想將這一幕深深烙進心底。

這一刻，她全然忘記了噬魂所言新世界充滿危險的警告，只是單純的沉浸在這份超越言語的神秘之中。

廣播再一次響起：「再次提醒所有人，穿越時空大門身體將會承受不等量的壓迫，如有任何身體狀況請聯繫醫療室休斯頓。」

君兒房間的窗外只剩下一片絢爛的虹色光膜，那扎實的色光讓人看不透光膜後頭的世界，君兒乾脆拉開了窗簾，坐在床邊看著那整面觀景窗呈現出的美景。

「注意，三十秒後進入虹光通道……還有二十秒……十秒……三、二、一，全艦進入時空隧道！」

戰艦在廣播的倒數中穿過了彩虹的光膜，君兒有些緊張，因為那朝自己突然撞來的光膜而緊

繃了身子，下意識的閉上了眼。

而當光膜穿過了身體，讓人有種失去重力的錯亂感，彷彿自己如羽毛般的輕盈就要飄離……

恍惚間，君兒忽然感覺到了一種難言的恐懼感掠過她的心靈。就在她心生驚恐的瞬間，額心的圖騰猛地一熱，那種失重的感覺這才逐漸平復，那好像靈魂與身體就要分離的感受竟讓君兒大汗淋漓，而隨後全身失去氣力的感受更是讓她覺得不安。

只是儘管這樣，君兒單純以為這是第一次進入時空隧道每個人都會有的情況，卻不知道在她感覺失重的那時，對她有些不放心，悄然隱身四周關注她的戰天穹有多緊張。

靈魂有傷的君兒，要是一個不小心，很有可能就會因為時空隧道那時間與空間交錯的力量而被扯出靈魂，然後被時空隧道中的力量帶往不知何時何處的所在。不過看樣子，她的圖騰擁有能夠穩定她靈魂的功用。在確認君兒平安通過了光膜以後，戰天穹也就放心了，這才收回了自己的感知。

直到心情平復，君兒這才細細打量起這條連接兩界的神秘通道。

這條看不見盡頭的通道閃爍著與外頭光膜相同的七彩光輝，磅礡的星力充斥其中，附近也有許多戰艦一同前行，卻很有默契的彼此保持一段安全距離。

只是君兒此時額上的圖騰仍舊沒有因為她的狀況穩定而消失，相反的還開始自主吸收起那些濃烈的星力來！

這讓君兒為之一愣，因圖騰突來的自主行為而有些措手不及，卻還是趕緊盤腿坐好，平靜了心情，開始引導那猛然進入體內的濃郁星力在體內轉化。

就在此時，修為在原界抵達一個瓶頸的君兒更感覺到了那即將突破，踏足新階段的感覺！這讓她在驚喜莫名時，也感到了有些緊張惶恐。

畢竟沒有人告訴她能不能在時空隧道中突破呀！

但突破在即，這段時日的累積厚積薄發，硬是沒辦法強硬壓制，君兒也只得順勢而為了。

隨著這一次的提升，全身筋骨開始傳來痠澀疼痛的感覺，同時，她的意識再度陷入那種清晰卻無法掌控身體的狀態中。

那比原界還充沛數倍的星力，無疑像是把鑰匙一樣，喚醒了那殘留在靈魂中，屬於那遙遠過去的記憶——

君兒再一次的從腦海裡掠過的記憶中看見了牧辰星，只是畫面中的她笑得非常幸福。她小鳥依人似的依偎在一位男性的懷裡，享受著他的呵護與寵愛。

而那名男性的容貌也逐漸清晰起來，卻讓君兒看得滿面震驚！

因為那人不是其他人，正是在那場夢境中，對牧辰星百般疏離、最後甚至還親手殺死她的那

名男性！

但卻又有些許不同，此時畫面中的男人笑容靦腆，而夢中的他神情冷冽，若不是那張同樣的臉龐，君兒都快將這氣質前後迥異的男人當成是兩個不同的人了。只是，君兒驀然想到了噬魂，猜想是否這男人也是因為心魔而苦，而導致前後有著如此差異？

男人在記憶的畫面中對牧辰星百般寵疼照顧，那透過畫面傳來的幸福與甜蜜感，讓君兒看得好生羨慕——只是，這一切最後都因為一場車禍而徹底變了。

男人為了追逐在雨中奔跑痛哭的牧辰星，因此被迎面而來的車輛撞上，身受重傷。只是就在醫師宣告不治以後，卻又奇蹟似的甦醒並逐漸康復。但當他甦醒後，卻是失憶與性格大變，過去對牧辰星的愛意變成了冷淡，甚至最後，他還愛上了牧辰星的姊姊牧非煙！這個事實讓牧辰星崩潰，也導致了她最後走向毀滅的那條路。

畫面跳躍，男人不知何時白了髮，原本的烏瞳轉為金燦，臉龐神色更帶上了一絲冰冷與癲狂。他抱著死去的牧辰星，像是言述什麼……隨後，他看往某處——就像是透過時空，望見了未來的君兒一樣。

他眼底的瘋狂讓君兒感到一陣背脊發麻。他像是說著什麼，然而君兒卻什麼也沒聽見。

畫面再轉，君兒的視線變成了平躺仰望的視角，卻見男人愛憐的捧著她的臉頰，眼裡同樣有著先前的瘋狂，更帶了一絲希冀和期盼。隨後他就在君兒一臉愕然的情況下，傾身欺近，吻了吻她的臉頰與額心，這讓君兒覺得有些莫名其妙！

他不是後來愛上了牧非煙嗎？又為什麼——

男人面露溫柔，卻難掩本質的邪佞瘋狂，他看著君兒，最後呢喃了一聲：「終於，妳回來了……我們等妳……」

磁啞的嗓音帶著異樣的魔力，那恍若宣布什麼開端的語詞讓君兒悚然而驚，然而男人話語未完，畫面卻猛地一震，瞬間化為腦海中殘破的碎片，快得像是未曾出現過。

那讓君兒倍感困惑的記憶消失，也就在同時，她的額間與身後竟傳來劇烈的疼！那彷彿身體就要被撕開，背部就要迸裂的痛，讓她顫抖身子，差點沒直接昏過去。

精神空間此刻大變了模樣，那原本如灰霧一般迷濛的天地，因為吸收了足夠的力量而收縮然後爆裂。就好像一部快轉的無聲電影一樣，能量在爆炸的瞬間炸出了星雲，強烈的能量流四處飛竄，光火飛射，炸裂的碎石彼此碰撞，逐漸凝聚成塊，最後成了幾塊環繞著中心圖騰飛繞的粗糙圓石。

直到精神空間中一切穩定後，這如同宇宙初開的場景，自動以某種規律繞行中心圖騰的粗糙星體們，開始了漫長卻精細的變化。彷彿就像一座真實度極高的小型宇宙似的……神秘奧妙且無

比美麗。

然而君兒卻沒時間感嘆那些，當精神力的變化停止，背後傳來的撕裂感讓她痛呼出聲！一對與額心圖騰同源，擁有相同色澤及相似線條的巨大翼翅絢爛的展開！點點星輝閃閃，而當翼翅展開，身體的痛楚也在同一時間徹底消散。

「我這是……怎麼了？」

恍惚回神的君兒一抹額間汗水，這才注意到背上那對寬大的符文蝶翼，驚愕又傻愣的望著觀景窗中倒映出的自己，久久不能回神。

良久後，她用一種嚴肅與沉重的目光看著背後妖異且美麗的蝶翼，當手輕撫那對蝶翼時，彷彿就像觸摸身體的一部分一樣，既真實且無比陌生。

「魔女的翅膀……」

和夢裡牧辰星展現出的翼翅不同，她的翼翅更加燦爛耀眼且複雜許多，或許這跟輪迴的次數有關？君兒得不出答案，只能這樣猜想了。

就當她傻傻的望著觀窗景倒映的自己，隱身在她身旁空間的戰天穹同樣看傻了眼。他有股衝動想要觸碰那對散著微微光輝的翼，就像想要將這隻夢幻的羽蝶抓握在手心中，不願讓她飛離身邊。

然而，他最後什麼也沒有做，只是震驚又痴迷的眼，始終沒有自君兒身上移開。

＊＊＊

在新界一處未有人跡的禁區遺跡內，那被藤蔓纏繞的雪白遺跡深處，冰冷的白水晶礦叢包覆著一名有著白色髮絲的男性，他靜靜的沉睡於此，安詳的模樣像是無害的嬰兒一樣。

就在卡爾斯的戰艦穿越新界大門的剎那間，男人修長的眼睫顫了顫，微微睜開了一雙燦金色的眸子。

「辰星回來了……命運的倒數計時開始了……希望……來得及……」

男人如是說著，隨後又睏乏的闔上了眼，再沒了聲息。

Chapter 86

相約兩年

君兒因為背上突然長出的蝶翼，無法自由控制蝶翼的收放，而有好幾日不敢離開房門，好在紫羽誤認她是想利用時空隧道中充沛的星力藉此提升自己，便也沒有多打擾，這才讓君兒終於能鬆一口氣，好好研究這對翼翅的功用。

當然，除了飛行以外，這對翼翅向前包覆時竟然還可以兼當防禦的盾牌，同時還具有加強攻擊威力、以及增加吸收星力速度的功效，這讓她在驚喜之餘又有了些許戒備。

這可能是屬於「魔女」的力量，太過度的使用不知道是否會導致某些不好的情況發生？但前世牧辰星的魔女力量不是已經被奪走了嗎？那這份力量究竟是……？

但此時她沒辦法去找熟知魔女事情的靈風詢問，只好想辦法練習如何掌控蝶翼的伸展與收縮——花了足足六天之久，她才勉強將蝶翼收了回來，卻是累得夠嗆，讓她怎樣也不想再嘗試展翼和收攏的過程。

「戰艦將於一小時後抵達新界，提醒所有人立即回到艙室。」

廣播再一次的響起，這才讓因為疲累而恍惚陷入睡眠的君兒猛然驚醒。

她看了一眼觀景窗，不遠處戰艦航行的方向出現了一道巨大的光膜開口，此時正猶如鏡面一樣，不斷閃過白色光輝。

新界就要到了嗎？

君兒看著戰艦逼近出口，忽然覺得心少了什麼似的，空蕩蕩的。

「鬼先生，我想見你……」原本的喜悅因為即將的分離而轉為哀傷，她忽然很想見他，但他願意見自己嗎？

此時的戰天穹，已經做好隨時就要撕空離開的準備了，卻因為君兒的這麼一句話，停下了動作，只是靜靜的隱藏在空間縫隙中，想將少女的身影烙進心裡。

隨後響起的廣播開始提示倒數計時，當倒數結束，戰艦也在同一時間穿進了那片鏡面般的光膜中，與此同時，一道刺眼的金色光輝照得君兒不得不閉上了眼，直到適應了這樣的亮度以後才緩緩張開。

映入眼簾的，是一望無際的藍與如棉花般柔軟的雪白雲層，這不是火星生態圈模擬出來的虛擬藍天，而是貨真價實、真正存在的天空。

頭頂上燦爛的金色晝陽盡責的閃爍著光輝，他們此刻正身處高空之上，可回首卻還能夠看見那扇連接兩界的巨大拱門，由此可見拱門的巨大足以聳入雲巔！

「歡迎回到新界！」

卡爾斯的聲音自廣播裡傳了出來，回應他的是戰艦上所有人的歡呼聲。

戰艦往天空飛去，偶爾會穿過一團團雲霧，那霧色瀰漫、偶有雷電交錯的自然美景讓君兒驚

奇不已，有很長一段時間沒有回神。

可隨後，她想到了什麼，心裡的衝動讓她頭也不回的奔出了寢室。想見那個人的心勝過了一切，這個世界的美景她以後有很多時間可以看，但那個人卻是隨時都有可能離開呀！

一想到就要分開兩年，她再也無法隱忍思念，讓她就想這麼任性一次！

「鬼先生，我知道你在這裡，我想見你——」

君兒開始不顧一切的在戰艦迴廊上吶喊，那長長的迴廊將她的聲音遠遠的傳了出去，讓所有離房的星盜因為她這樣反常的狀態而傻愣了眼。

卡爾斯找到了她，示意她不要再找了，君兒還是沒有放棄。

「我知道他就在我附近，我知道，我感覺得到的……」哪怕那種感覺極其模糊，但是透過兩人精神印記的緊密聯繫，她還是能感知到那隱晦的存在。哪怕他將自己的氣息徹底壓制，她還是能感覺得到。

但鬼先生還是不願意見自己嗎？

「別找了，他不會見妳的。」卡爾斯倒是很了解戰天穹，哪怕他此刻可以感覺到有道空間的裂縫就藏在君兒身後不遠處，知道戰天穹此時尚未離開，但多少也猜到了他就是鐵了心不願見君兒了。

「我只是……」君兒眼眶泛紅了，第一次因為鬼先生這樣的冷漠而感覺受傷。

「君兒，妳不要這樣……」看著她眼眸帶淚，這也讓跟著卡爾斯一同來勸說的紫羽忍不住想哭了。「兩年後你們還是可以見面的啊，但現在就暫時放下鬼先生吧？」

關心君兒的不只卡爾斯兩人，連靈風都循聲跑了過來。

難得的，他這次沒有語出惡言，卻是對著某處冷哼一聲，嘴揚一縷刀鋒般凜冽的笑：「唷，讓女孩子失望可不是紳士該有的行為唷。笨蛋君兒別怕，我給妳靠！我這一次就大方出借我的胸膛讓妳抱兩下，別再去想那個讓妳傷心難過的壞男人了。」

說完，靈風直接將君兒抱進懷裡，末了臉頰還親暱的蹭了蹭少女的腦袋，愣是讓君兒和所有人都傻住了眼。

「靈風你——你放開啦！」君兒氣極敗壞的就想推開靈風，深怕那可能還在關注她的鬼先生會誤會他們兩人的關係。

哪知靈風繼續語出驚人：「笨蛋妹妹別怕，哥哥我保護妳！」

「哥你個頭啦！那是老子兄弟看上的女人，你這打哪來的假紳士滾一邊去！」卡爾斯在傻愣片刻後這才回神，趕緊也加進了把靈風扯開的亂戰中。

最後君兒被這兩人鬧得哭笑不得，但那從未在別人面前表現脆弱的她，還是忍不住眼淚而哭

了。這讓原本差點就要大打出手的卡爾斯兩人手忙腳亂的不知該如何安慰是好。

「鬼先生……」少女低泣，讓原本吵雜的迴廊遽然變得安靜。

看著君兒不同以往堅強的另一面，戰天穹明白她會這樣失控的在人前表露脆弱，就表示她真的壓抑不住情緒了，便輕輕一嘆，既是感慨也是心疼無奈。

也好，至少這樣他就有理由出面了吧？

這樣說服自己，他終於跨出空間縫隙，無聲的落了地。

靈風如奸計得逞般的揚起一抹壞笑，抬手戳了戳君兒肩膀，在君兒困惑的目光下，指了指她的身後。

君兒回首，神情自哀傷轉為驚訝，最後轉為驚喜。那張因為哭泣而顯得脆弱的小臉，此時因為那站在不遠處的男人身影，而綻放出了一抹嬌豔又美麗的笑顏。

看著那人張揚的赤色長髮，還有那神情冷淡的容貌，這段時間的思念得到了解脫，此時她眼裡只剩下那抹讓她感覺安心的身影。

「鬼先生！」

「是我。」

熟悉的低啞嗓音輕淺的回應著，戰天穹冷硬的臉龐線條微微放柔。

君兒邁開了腳步，絲毫沒有猶豫的撲進男人懷裡，用力的、深深的擁抱他，小手緊緊的抓著他身後的長斗篷，深怕他只是轉瞬出現的幻影。

感覺到這再熟悉不過的體溫，君兒身子輕顫，激動的無法言語。心頭的哀傷和難過瞬間得到了昇華，僅僅只是見到他，就彷彿自己充滿了力量一樣。

他最後還是現身見她一面了。君兒知道，要讓鬼先生打破誓言是多麼困難的一件事，可他卻一反常態的違背了自己的規矩，就只是為了見她——這讓她更明白這男人究竟有多愛她了，竟然連自身的規矩都願意違背。

君兒心裡又酸又甜，忍不住抱得他更緊了。明明噬魂沒多久前才用他的身體與她見了面，但她的心還是不禁因為戰天穹這樣的擁抱而心生幸福。

卡爾斯看著不遠處的兩人，在驚愕之餘卻是輕聲嘆息：「既然也想她，早點出來就好了嘛。」

「有些人你不把他逼到極限，他是做不出違背自身規範的舉止的。」靈風很是睿智的說著，手托下顎，滿臉笑意的看著不遠處兩人。透過心靈之眼，他看見了這兩人在見面的瞬間，彼此靈魂激盪出的炫爛火花，那是一幅很美的景象，可惜這世間沒人能跟他分享這樣的美景。

「所以你是故意的？你就不怕被記仇？」卡爾斯嘿嘿一笑，曲肘頂了頂靈風，大有幸災樂禍

之感。

而靈風自信一笑，道：「他好歹也是守護神之一，可不會跟我這般小人物計較這些吧？」

君兒仰頭看向那熟悉的容顏，臉上漾起一抹絕美的笑顏。她抹去了眼淚，再度回復了精神，讓戰天穹看得又好笑又好氣的。他隨後輕輕推開擁抱著他的君兒，哪怕他很想念她溫暖柔軟的懷抱，卻還是不好意思在人前這樣表露親暱。

「我要走了。」戰天穹平靜低語，卻見君兒竟是對他露出諒解溫柔的動人笑容，讓他覺得心頭很是溫暖同時又滿懷心疼。

「好，那鬼先生我們兩年後再見，你要等我哦！」

君兒輕輕點頭，唇畔的可人笑意，卻看得戰天穹心裡有些發澀。他看出了她隱藏在笑容裡的不安與不捨，可還是這樣堅強的藏起一切——要不是他太了解她，怕是會看不出她隱藏在微笑後的情緒吧。

「好，我等妳。」戰天穹淡淡一笑，隨即有些嚴肅，「新界不比原界安全，妳要小心。好好跟那個靈風學符文凝武的技巧，如果有什麼問題就找卡爾斯……兩年以後，我會回戰族，到時候我可要考察妳到底成長到什麼程度。」

「我和鬼先生約好了，所以絕對不會讓你失望的！」君兒自信的說著。

這話聽在戰天穹耳裡，自然就讓他想起了和君兒過去的約定——那時少女信誓旦旦的說要嫁給自己為妻，此時因為君兒的提醒，不禁讓他耳根有些臊紅。

卡爾斯拉長了耳朵，就差沒有衝上前探聽仔細了。當然，他不忘用曖昧的目光在兩人身上游移，同時發出「嘿嘿嘿」的怪聲來。

一旁的靈風適時幫腔，他胡亂猜測道：「嗯？什麼約定？該不會是怪叔叔拿糖果騙小女孩說要糖果就要嫁給他當老婆吧？」

靈風這話倒是極其貼近事實，雖然那是君兒單方面的宣誓，卻還是鬧得兩位當事人不約而同尷尬了起來。

戰天穹立馬瞪向靈風，隔空傳來的殺氣瞬間讓他趕緊閉上嘴，卻是嘴邊彎起一抹洞悉事實的狡詐笑意。

這讓戰天穹窘迫的乾咳了聲：「關於約定的事，等兩年後妳還這麼想再說。」

看著再度用拖延戰術來逃避事實的戰天穹，君兒忽然很有衝動就想直接跟他述說自己的心意，但最後還是忍了下來。從鬼先生的話中不難聽出他還是充滿了沒自信，看樣子還是得給他留點時間做心理準備。

不過，她烏眸一轉，便笑盈盈的道：「如果到時我還是這樣想的話，你可不能再想逃避了

哦！」

「……嗯。」戰天穹敷衍道，不敢注視君兒清亮的目光，向後退了一步，準備離開。

「我得走了，別忘了我永遠是妳的靠山，努力前行吧，君兒。」

最後，他揚起一抹淡淡的微笑，很平淡的笑容，卻讓君兒心頭悸動不已。就因為他總是冷漠，所以他的笑才會特別讓人感覺到他深藏的溫柔。

抬手間，一道無形的空間波紋憑空而現。戰天穹看向卡爾斯和靈風，對後者多投了一抹充滿警告意味的眼神。

「卡爾斯，這段時間君兒就交給你照顧了，好好指導她。」戰天穹如此說著，然後在君兒的目光注視下，就這樣消失在空間波紋之中。

她看著戰天穹離去的所在，這段日子的苦悶寂寞盡去，心裡只剩下那想要趕快成長的信念，還有滿心喜悅的期盼著兩年後的重逢之日。這一次的見面，她深刻感覺到寡言的鬼先生深藏的情意，過去她或許不懂，但此時明白的她，更能感覺到他藏在冷漠底下的溫柔。

「鬼先生，等我，我們相約兩年，兩年後我會給你一個大驚喜的！無論是我的成長，還是我的心——」少女漾起一抹燦爛笑容，如同一顆閃耀著璀璨光彩的星星，正散發著動人光彩。

Chapter 87

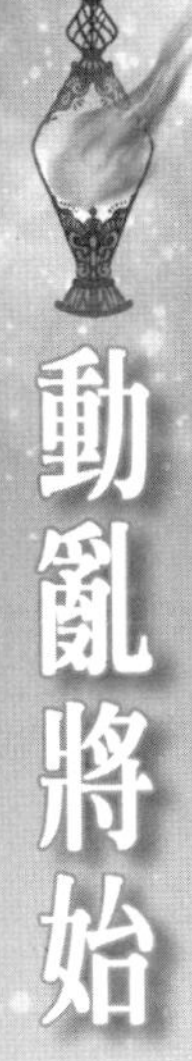

動亂將始

可就在君兒抵達新界的那一瞬間，新界裡外各自發生了異動……

就在新界星系外圍的碎石帶一處，這裡是龍族的聚地，可原先此起彼落的龍吟卻因為某件事而紛紛止住了聲息。一時間，吵雜的聚地猛然陷入一片詭異的寧靜，只剩下龍翼拍顫的聲音，卻讓人倍感壓抑。

就在聚地一處菱形的巨隕石上，那尖聳的隕石山峰中心被刨空出一座巨坑，此時坑中的地面上刻滿了異樣的字符與圖騰，其中便有一頭無比龐大，卻僅有虛影的銀色巨龍蜷臥其中。

銀龍左右各佇立著兩頭金與白色的巨龍，體形較銀龍龐大幾分。

就像是感應到了什麼，三頭巨龍同時睜開了眼、昂起了頭，視線落向遙遠的彼端——也就是新界奇蹟星所在的位置。

「來了……魔女……」銀龍喃喃低語。

而隨著她語音方落，三龍眼眸中不約而同閃過一縷金光燦燦的烙印。

「執行我族任務的時候到了。」白龍的語氣冷淡，卻不難聽出一絲沉重。

金龍站起了身子，回首看了那蜷臥在法陣中心的銀龍一眼，面露悲傷。

「開始吧，為了最後的傳承，我們是沒辦法違逆宇宙意志的，只能去執行我們的使命——以性命履行！」金龍悲憤的說著，他率先展翼飛出了隕石巨坑，落在坑邊一處，開始以龍語吟唱起某種咒術，這同時也讓銀龍身下的法陣亮起了燦爛光輝。

白龍同樣哀傷的看了銀龍一眼，就像是要送別親人那樣的傷痛，彷彿銀龍就要去某個再也無法相見的地方一樣。

「開始吧，獻祭——！」白龍高喊出聲，隨著他的話語一出，周圍繚繞的龍族紛紛發出悲鳴。

銀龍微微昂頭，仰望著頭頂的漫漫星空，眼裡只餘殷殷悲切。

她在千年前便已身死，如今只餘殘魂，就這樣以殘魂之身苟且偷生至今，如今終於可以解脫了嗎？

隨著金白雙龍王長長的龍吟聲響徹雲霄，幽遠艱澀的語言從兩頭龍王的口中輕詠而出，讓無數的巨龍隨之起舞，卻是低吟哀痛。

來了　歸來了——

那是無盡宇宙中最璀璨的星星　是主宰絕望與奇蹟的漆黑魔女

那守護人類奇蹟的紅色命運　是乘載生靈仇怨的血色惡鬼

那偏導未來指標的黑色蝶羽　是顛覆萬法規律的終焉魔女
那逆轉變革法則的金色眼眸　是破壞世界軌跡的白金神靈

依循宇宙之名　摧毀忤逆天地法則的存在
覆滅一切天地生靈　抹殺一切蒼穹萬物
抹殺終焉的魔女　毀滅萬罪的生靈——

長長的龍吼聲在碎石帶上震出無形氣浪，如輻射般的擴散而去，只剩下虛影的銀龍張開遮蔽天地的龍翼，銀眸印記閃爍，感覺到兩位同胞傳給她的力量，以及族人為她送行的吼聲，最後她終於展翅拔地而起。

銀龍的眼眶含淚，明知這將是她最後一次展翼高飛，卻還是忍不住悲痛，落下了淒涼的淚珠。

「以宇宙意志之名，以魂獻祭，誓破虛空結界，為成我族使命！」

銀龍喊出咒術的最後一個片段，那虛幻的身影化作一道銀燦色的流光，迅疾飛掠，速度之快竟傳出了音爆聲——旋即，重重的撞上了那道無形的虛空屏障！

猶如被無數顆核能光子彈轟炸的炙烈白光以及那震盪了整個星系屏障的震波，很快就引起鎮守龍族邊界的人類強者注意。

甚至那刺眼奪目的白光，還穿過千萬光年傳到了星系中心的奇蹟星上。與此同時，身處卡爾斯戰艦上的君兒等人也望見了那在極遠處爆裂的光輝……

世界忽然一陣動搖，就在這一天，奇蹟星上不知為何發生了數起震度極高的大型地震。

「怎麼一回事？！」

一名鎮守龍族邊界的強者摀著眼，愕然震驚的咆哮著。

他的同伴同樣也摀著眼，瞳眸因為那遽然炸起的白光而近乎失明，讓他們這些強者瞬間陷入視線的黑暗中。

隨著白光以及那磅礡的力量撞擊虛空屏障一處，讓人類驚恐萬分的，是那原本厚實穩定的無形屏障，竟然出現能量促亂以及潰散的跡象！

「不好了，偵測到虛空屏障的能量指數正在急速下降！」

建立在龍族聚地不遠處的星際要塞中，這樣的警告迅速的傳了開來。

而虛空屏障外發生的爆炸卻還沒有結束，那幾乎湮滅一切聲息的爆音，讓人無法聽見巨龍們

在遠方悲吟的曲詞。

龍族們反覆的唱著魔女歸來的曲詞，泛紅的眼死死盯著白光炸裂的區域，就等那阻撓他們執行使命的防護罩徹底消失。

＊＊＊

在一處寧靜安詳、鳥語花香的綠色國度裡，一座高聳入天的翡翠色巨木隨著風輕輕搖晃著，樹蔭為底下帶來大片涼爽的陰影，而在巨木糾結的根處，無數穿著華美衣袍的人們正朝著巨樹行最尊貴的跪拜禮。

仔細一看，這裡所有人的耳朵都是尖的……

這是精靈族的領地。

一位白髮蒼蒼，容貌端莊秀麗的美婦人，神色恭敬的替跪在她面前的絕色美人戴上了金銀樹葉編織而成的華麗頭冠。

精靈女子一頭銀綠色的髮絲隨意垂落肩頭，同色的眼眸裡此時滿是羞意。她穿著純白色的王族長裙典禮服飾，金邊與紫色的襯肩添了一絲柔美感，腰間繫著一條金色絲帶，突顯了那盈盈一握的腰肢，腳下是一雙秀麗的高跟厚底靴，姿態優雅端莊，美豔的不可方物。

就在衣著華麗的精靈女子身旁，則站了一名有著特異黑髮的男性精靈。不同於其他族人的綠色髮絲，這位男性精靈有著一頭純黑色的長髮，隨意束在腦後，同色的眼瞳淡漠無情，他的髮色在一片碧色的族人中顯得那樣突兀，一張完美冷峻的容顏面無表情。

此時，他穿著一身極其華麗的黑底白繡長襬服裝，貼身的剪裁將一身修長挺拔的身材完全展露而出。

靜刃難得換上了儀式用的繁瑣衣袍，搭配他那自靈魂散發出的王者氣勢，竟是顯得無比尊貴。只是如今的他，看著這與他關係極其密切的「儀式」，黑眸裡仍舊平靜無波。

美婦人為精靈女子戴上了頭冠後，又將身旁侍女遞來的一枝翡翠色澤的長樹枝，慎重萬分的交給了她，同時宣示道：「依照女神旨意，自今日開始，精靈王靜刃．影翼以及精靈聖女阿蘭妮絲．紫翡翠，正式結為夫妻！盼兩位互相扶持協助，不負女神期望、弘揚女神真理，自那些低劣的人類手中，帶領族群奪回我們的母星！」

底下的精靈們因為美婦人這樣的發言而發出震聾欲耳的歡呼聲，同時高聲唱起了祝福的聖歌。

就在剩餘的儀式結束後，靜刃面無表情的牽起了女性精靈，和她一同旋過身，共同面對滿心

喜悅與期盼的族人。

「我族等候了千年，終於等到傳說中的王者降生了……」

「相信有王的智慧以及指引，我們一定能夠再度回到我們的母星！」

精靈聖女阿蘭妮絲高舉著手中的翡翠樹杖，這才讓底下喧譁不已的族人頓時安靜下來。

她仰望著天，絕美的容貌上浮現了一縷沉重。而順著她的目光，精靈們也不約而同望向了天際——阻隔在他們與星系的中間、那總是無形的虛空屏障，此時正因為遠方的劇烈波動，而浮現了陣陣肉眼可見的能量漣漪。

隨著漣漪一次次掠過，那讓他們仇惡不已的虛空屏障，竟一點一滴的開始消融……這讓不少精靈驚愕的站起身來。

「龍族那邊開始獻祭了嗎？」阿蘭妮絲秀眉緊蹙，心裡緊張萬分的看著那不斷傳來震盪漣漪的屏障。

就在此時，靜刃忽然喚住了她，「阿蘭妮絲，開始執行計畫了。」他的語氣冷淡，遙望遠方行星的黑眸閃過一絲隱隱瘋狂。

「看樣子，龍族的靈魂獻祭並沒有辦法完全使屏障崩潰，我們得趁屏障虛弱的時候喚醒種子才行。」他冷酷的下達旨意，同時一個旋身，直往巨木外主城中心的祭壇走去。

緊緊跟在他身後的阿蘭妮絲，沒有注意到他臉上一閃而逝的哀傷。

＊＊＊

就在戰天穹離開以後，靈風看向窗外的遼闊美景，目光看著天頂上那藍天與星空交錯的蒼穹一處，那兒正有一點異常閃亮的光點高掛天巔，雖然不知那究竟為何，但靈風卻感覺到了不祥。

他幽幽嘆道：「……魔女甦醒的倒數計時開始了。」

隨後高舉右手，看著手背上的契約印記，眼裡閃過悲傷和沉重。抵達新界不僅僅是一個重大事件的開端，也代表著他和兄長的再見之日不遠了。他們將會因為命運的牽引、因為魔女，而再度重逢。

只是那時候，靜刃還是那個過去他原本認識的沉穩又負責任的人嗎？

「靈風，今天不上課嗎？」

君兒在戰艦上繞了一圈，這才找到了站在某處眺望遠景的靈風。

「今天就休息一天吧，好好感受一下這個新世界，以後恐怕就不會有這樣平靜的時間讓妳欣賞這些了。」

靈風預言般的如此說著，聽得君兒微微顰眉。見他此時似乎不想說話，君兒便也安靜的站在他身旁，陪著他一起觀看那點異常閃亮的星星。

那在白晝仍異常閃亮的光點，不知為何，讓她有種心臟緊縮的壓抑感。

「那個亮點是……？它讓我感覺很不安，總覺得有什麼不好的事情就要發生似的。」君兒捧著心口，先前剛與鬼先生別離時的喜悅和幸福感，如今全然被那深入骨髓的顫慄感所取代。

「那裡是龍族所在的方……」

靈風正欲解釋，卻被一位踉蹌奔行，在走廊上狂喊驚天消息的星盜打斷了話語。而聽著那人夾雜驚恐的語音，他們的臉色也在同一時間變得震驚愕然。

「不好了，虛空屏障被龍族動用大型禁咒攻擊了！現在屏障的能量極其混亂，根據前線傳回來的消息，據說屏障的能量已經維持不到原本的百年之多了，虛弱期很有可能在五到十年內提早發生，戰爭——就要開始了！」

「什麼？！」回應他的，是靈風和君兒異口同聲的驚呼。

＊＊＊

就在虛空屏障傳來劇烈震盪的第一時間，正在學院陣術核心忙碌的羅剎劍眉一豎，神情凝重的望向了遠方。

「雖然早有預料，但利用靈魂獻祭換來的攻擊竟然比我推測的還強大……有些失算了。」他邊說，手邊動作卻未曾停下。

他踩在由無數複雜符文組合而成的超大型陣術中，那猶如鎖鏈般密集的符文序列，緩緩在空間中交錯出現與消失，就在遠方虛空屏障遭到攻擊、能量逐漸潰散之餘，羅剎悄然的啟動了這座隱藏在地底深處，足有十個足球場寬敞的符文法陣。

隨著法陣啟動，大地因為聚集了磅礡的能量而引發了地層變動，雖然因此造成了奇蹟星地表上大大小小的災情，但是遠方那守護整個星系的虛空屏障，消散的速度這才減緩了下來……

「大概還能再撐個幾年，希望能撐得君兒覺醒那時，不然她的時間真的不多了呀……距離下一次的星辰淚火之日只剩不到五年的時間了，是成為奇蹟還是再度被毀滅奪去意識，一切就看妳這些年的成長了。」

羅剎喃喃自語著，金燦的眼眸裡有著一抹難言的滄桑。

「父親大人、母親大人，希望我們的願望能夠實現，也希望結局不要像過去那樣，再次迎接絕望與哀傷了。」

隨著虛空屏障的衰弱，彷彿也預示著那原本百年後才會發生的危機戰況，即將提前在短短十年內發生。而龍族的突來攻勢以及精靈族的異動，所有的一切，全都因為傳言中的「魔女」而起。

《星神魔女04》完

敬請觀賞更精采的《星神魔女05》

飛小說系列049

星神魔女04
命運*雙子的哀傷

出版者■典藏閣
作　者■魔女星火　繪　者■多玖實
總編輯■歐綾纖
製作團隊■不思議工作室

郵撥帳號■50017206采舍國際有限公司(郵撥購買，請另付一成郵資)
台灣出版中心■新北市中和區中山路2段366巷10號10樓
電　話■(02)2248-7896　傳　真■(02)2248-7758
物流中心■新北市中和區中山路2段366巷10號3樓
電　話■(02)8245-8786　傳　真■(02)8245-8718
ISBN■978-986-271-339-6
出版日期■2013年4月

全球華文國際市場總代理/采舍國際
地　址■新北市中和區中山路2段366巷10號3樓
電　話■(02)8245-8786　傳　真■(02)8245-8718

新絲路網路書店
地　址■新北市中和區中山路2段366巷10號10樓
網　址■www.silkbook.com
電　話■(02)8245-9896
傳　真■(02)8245-8819

☞您在什麼地方購買本書？☜

□便利商店＿＿＿＿＿市／縣＿＿＿＿＿＿＿＿＿＿便利超商

□博客來 □金石堂 □金石堂網路書店 □新絲路網路書店 □其他網路平台

□書店＿＿＿＿＿＿市／縣＿＿＿＿＿＿＿＿＿書店

姓名：＿＿＿＿＿地址：＿＿＿＿＿＿＿＿＿＿＿＿＿＿＿＿＿＿＿＿

聯絡電話：＿＿＿＿＿電子郵箱：＿＿＿＿＿＿＿＿＿＿＿＿＿＿＿＿＿

您的性別：□男 □女

您的生日：＿＿＿＿＿年＿＿＿＿＿月＿＿＿＿＿日

（請務必填妥基本資料，以利贈品寄送）

您的職業：□上班族 □學生 □服務業 □軍警公教 □資訊業 □娛樂相關產業

□自由業 □其他＿＿＿＿＿＿

您的學歷：□高中（含高中以下） □專科、大學 □研究所以上

☞購買前☜

您從何處得知本書：□逛書店 □網路廣告（網站：＿＿＿＿＿＿＿） □親友介紹

（可複選） □出版書訊 □銷售人員推薦 □其他

本書吸引您的原因：□書名很好 □封面精美 □書腰文字 □封底文字 □欣賞作家

（可複選） □喜歡畫家 □價格合理 □題材有趣 □廣告印象深刻

□其他＿＿＿＿＿＿＿＿＿

☞購買後☜

您滿意的部份：□書名 □封面 □故事內容 □版面編排 □價格

（可複選） □其他＿＿＿＿＿＿＿＿＿

不滿意的部份：□書名 □封面 □故事內容 □版面編排 □價格

（可複選） □其他＿＿＿＿＿＿＿＿＿

您對本書以及典藏閣的建議＿＿＿＿＿＿＿＿＿＿＿＿＿＿＿＿＿＿＿＿＿

＿＿＿＿＿＿＿＿＿＿＿＿＿＿＿＿＿＿＿＿＿＿＿＿＿＿＿＿＿＿＿＿

未來您是否願意收到相關書訊？□是 □否

未來若有校園推廣您是否願意成為推廣大使？□是 □否

感謝您寶貴的意見

From＿＿＿＿＿＿＿＿＿＿＿@＿＿＿＿＿＿＿＿＿＿＿＿＿＿＿

♦請務必填寫有效e-mail郵箱，以利通知相關訊息，謝謝♦

印刷品

$3.5
請貼
3.5元
郵票

235 新北市中和區中山路二段366巷10號10樓

華文網出版集團 收

（典藏閣－不思議工作室）